Le Ciel t'aidera

Sylvie Testud

Le Ciel t'aidera

roman

ÉDITIONS FRANCE LOISIRS

Édition du Club France Loisirs,
avec l'autorisation des Éditions Fayard

Éditions France Loisirs,
123, boulevard de Grenelle, Paris
www.franceloisirs.com

ISBN : 2-7441-8889-1

À toutes les femmes seules.

Si c'est à cause d'une des réalités extérieures
que tu t'affliges,
ce n'est pas elle qui te trouble,
c'est le jugement de valeur que tu portes sur elle.

Marc Aurèle

Ça frappait si fort ! On était sûres que c'était quelqu'un de méchant ! Ma sœur aînée répétait mon prénom. Tout bas. Pour que je fasse quelque chose.

— Sylvie... Sylvie... Sylvie...

Ma petite sœur se tenait planquée derrière la grande.

La sonnette. On frappait. La sonnette. On frappait.

La personne qui se trouvait derrière la porte savait qu'il y avait quelqu'un dans la maison.

La personne derrière la porte voulait qu'on lui ouvre.

La personne derrière la porte commençait à s'énerver.

J'ai eu une idée.

Comme les trois petits cochons menacés par le méchant loup, nous étions les trois petites filles menacées par le méchant homme derrière la porte. Je ne sais lequel des cochons a trouvé l'idée pour faire partir le loup, là, c'est moi qui ai trouvé !

Du fond du couloir où nous nous tenions serrées l'une contre l'autre, j'ai pris mon élan.

Je me suis mise à taper des pieds sur le carrelage. Je marchais comme marchent les adultes. Je me suis mise à faire du bruit. Beaucoup de bruit. J'ai attrapé une casserole dans la cuisine. J'ai brandi la casserole. Je me suis ruée contre la porte. J'ai frappé la porte avec la casserole. J'ai pris une grosse voix d'homme.

— Mais qui c'est qui vient me faire chier en plein milieu de l'après-midi ?, j'ai gueulé sur la porte.

Je n'ai pas attendu la réponse.

Je voulais faire croire à la méchante personne que nous étions nombreux dans mon appartement. J'ai pris une voix de femme. J'ai répondu à la voix d'homme que j'avais prise juste avant :

— Non ! Ne t'énerve pas ! Tu sais que, quand tu t'énerves, tu as trop de force ! Tu casses tout quand tu t'énerves !

Ma grosse voix a repris de plus belle :

— J'en ai rien à foutre ! J'ai envie de tout casser ! Je vais tout casser !

J'ai refrappé la porte à coups de casserole.

Des dizaines de voix se sont alors élevées.

Ça parlait dans tous les sens.

La meute essayait de calmer l'homme en colère.

— Non ! Retiens-le ! Il va ouvrir !

Je me jetais contre la porte. Je triturais la serrure. Je frottais mes pieds par terre pour faire croire à l'agitation du groupe. Je balançais des coups de pied partout.

— Je ne suis pas sûre de pouvoir le retenir ! Il va ouvrir ! Venez m'aider ! je gueulais à l'équipe d'adultes.

J'ai fait de grands gestes à mes deux sœurs qui me regardaient devenir folle dans le couloir.

Elles sont venues.

Nous avons joué la comédie un long moment. Nous avons balancé des coups de pied. Nous avons hurlé.

Quand nous avons arrêté, nous étions toutes les trois en sueur.

Quand l'homme de derrière la porte est-il parti ? Nous avons fait tant de bruit que nous n'avons plus rien entendu du méchant homme.

Quand nous sommes enfin revenues au calme, c'était le voisin qui tambourinait pour nous dire d'arrêter tout ce boucan.

Nous nous sommes calmées immédiatement.

Ma petite sœur a été la première à éclater de rire. Nous avons ensuite rigolé pendant près d'une heure.

Je finissais mon récit.

Un moment de fierté. J'avais été grandiose ce jour-là. Mes deux sœurs et moi en avons parlé plus d'une fois. Une coupe à mon armorial !

Un bon point pour moi, pour toute la vie.

Je racontais cette histoire à mon interlocuteur, qui avait l'air de trouver ma fierté déplacée et mon histoire affligeante.

Monsieur Lonkarsky était un homme d'une cinquantaine d'années. Il avait sûrement fait très attention à son alimentation tout au long de sa vie. À moins qu'il n'ait connu la famine, j'avais pensé en regardant son visage maigre.

Monsieur Lonkarsky portait de grosses lunettes d'écaille qui mangeaient une bonne partie de son visage sévère. Ses lunettes pesaient plus que sa tête, je pensais en le découvrant.

Il portait aussi une chemise blanche à manches courtes. Ses coudes fripés sortaient de la chemisette. Ses bras étaient maigres. Ses muscles, atrophiés.

— Vous savez que la cellule familiale est le lieu dans lequel un être se construit ?

Je ne comprenais pas très bien ce que ça voulait dire.

— Oui, j'avais répondu.

Monsieur Lonkarsky leva ses yeux gris sur moi pour la première fois depuis que j'étais entrée dans son cabinet. Ses yeux me fixaient. Il avait fermé la bouche. Ses lèvres, très fines, étaient si serrées qu'elles semblaient indiquer qu'il ne rouvrirait pas la bouche de sitôt.

« Motus et bouche cousue. »

Les yeux gris me scrutaient. Je scrutais les yeux gris.

Nous nous scrutions.

Mon histoire m'avait laissé un léger sourire aux lèvres, que j'effaçai en le regardant. Il me considérait sévèrement. Comme si c'était contre sa porte que j'avais écrasé ma casserole. Comme si c'était lui, l'homme de derrière la porte.

Les règles s'établissaient :

Il savait. Je ne savais rien.

Il était l'adulte. J'étais une petite fille de onze ans.

Je comprenais qu'il n'allait pas poursuivre. Il n'allait pas développer la réponse à sa question.

Je devais répondre.

L'intitulé de la question était :

Quelqu'un se développe dans sa famille, ou quelque chose comme ça...

Jusqu'ici, ça me paraissait honnête.

— Oui, j'avais encore dit.

Monsieur Lonkarsky se redressa. Une fois cette question de base posée, il allait pouvoir commencer.

Ses minces lèvres se distendaient légèrement. Les deux liserés roses se desserraient juste assez pour laisser passer sa voix.

Il avait dit :

— Bien.

Un « bien » qui semblait dire : étape suivante.

— Alors... mademoiselle Testud. Je vais vous demander d'être très attentive.

Il avait insisté sur le « très ».

Les yeux inquisiteurs vérifiaient tout au fond des miens que j'avais cette capacité. Il n'était pas sûr que j'étais une flèche.

Mon histoire l'avait consterné.

J'avais dix ans quand j'ai attaqué la porte à la casserole ! C'était il y a un an ! je voulais lui dire.

J'avais soutenu son regard.

Je n'avais rien dit.

Il me sondait toujours.

Je hochai la tête. Je suis très attentive, ça voulait dire.

Lentement, monsieur Lonkarsky avait contracté son biceps atrophié gauche. Son coude s'était plié. Il avait soulevé une longue main de son bureau. Du revers de la main molle, il débarrassa un sous-main de cuir noir qui se trouvait sur son bureau.

Monsieur Lonkarsky avait respiré profondément.

Ça avait fait bouger ses narines, qui avaient l'air de respirer depuis tant d'années. Ses narines aussi étaient fines et longues.

Sa respiration en disait long sur son expérience.

Tout était long et mince sur ce monsieur, je voyais.

De face, il ressemblait presque à un homme de profil.

Il avait coupé les poils qui désiraient sortir des deux fentes noires au bout de son nez. Les poils étaient coupés trop net.

Les lèvres ondulaient de nouveau. Il allait parler.

Je quittai le nez pour me fixer sur la bouche.

Je faisais bien attention. Une information est sortie.

— Voici un nid.

Je n'avais pas vu ses dents quand il avait parlé !

Monsieur Lonkarsky articulait si peu. Sa bouche s'ouvrait à peine lorsqu'il prenait la parole.

Je comprenais pourtant les mots qu'il prononçait.

Je baissai les yeux sur le sous-main de cuir noir. Je regardai ce qu'il me proposait comme étant un nid.

Un carré parfait. Quatre côtés parfaitement égaux.

Un temps.

Je ne savais pas comment réagir. Fallait-il gober que le carré était un nid ?

De derrière les grosses lunettes, il m'avait jeté un coup d'œil. Il vérifiait que j'intégrais les données.

Je hochai la tête.

Je gobai le nid.

L'homme de cinquante ans contracta une nouvelle fois son muscle. Il dirigea sa main vers un objet.

Un taille-crayon chromé.

La longue main s'empara lentement du taille-crayon.

D'un geste lent et précis, monsieur Lonkarsky posa l'objet sur le nid.

Je suivais ses mouvements.

Dois-je dire quelque chose ? Dois-je de nouveau hocher la tête ?

Dans le doute, je hochai.

Il me jeta un nouveau coup d'œil. Il vérifiait que je n'étais pas déjà perdue.

Non.

À cette vitesse, j'arrivais à suivre. Le risque, c'était que je m'endorme.

Le taille-crayon chromé se trouvait maintenant sur le nid.

Monsieur Lonkarsky ne lâchait pas le taille-crayon. Il laissait sa main se reposer sur l'objet. Il avait utilisé son second bras, qui fonctionnait à la même vitesse que le premier. Avec celui-là, il avait fait bouger sa deuxième main. Aussi molle que l'autre.

L'homme s'empara alors d'une énorme gomme blanche qu'il posa d'un geste tout aussi précis et tout aussi lent à côté du taille-crayon.

Le relais était pris par la seconde main.

Si tout ce qu'il fait, il le fait à ce rythme, j'aurais mieux fait d'emporter mon pyjama, parce qu'on va dormir là cette nuit, j'ai pensé.

Je n'avais pas levé les yeux pour lui signifier que, oui, c'est bon, j'avais vu la gomme.

Je ne disais rien. J'attendais la suite.

À son tour, la deuxième main ne bougeait plus.

À son tour, elle se reposait.

La deuxième main semblait avoir crevé sur la gomme.

J'étais plus qu'attentive. J'observais ses deux mains inertes sur les objets.

Il ne va plus rien pouvoir attraper. J'attendais de voir comment il allait poursuivre.

Une main est morte sur le taille-crayon, l'autre sur la gomme.

Je regardais son visage : un poireau à lunettes.

Est-ce qu'à lui tout paraît normal ? Est-ce que cette situation est normale ?

Il avait l'air satisfait de mon attention.

Va-t-il utiliser ses pieds maintenant ? J'attendais de voir comment il allait s'en sortir.

Non. Cet homme était plein de surprises. D'un seul geste, il avait ranimé les deux mains échouées !

D'un seul geste, ses deux mains attrapaient un fagot de trois crayons.

Il avait bien fait d'attraper les trois crayons à deux mains. Ça semblait lourd.

Dans un effort qui méritait sûrement une pause récupération, il posa les trois crayons sur le nid.

Très lentement, le nid se meublait.

Monsieur Lonkarsky prit une longue inspiration. Une fois les poumons pleins, monsieur Lonkarsky se recala dans son siège.

Ça y était. Il semblait avoir posé tout ce qu'il voulait sur son nid. Il observa un temps de silence.

Comment allait-il s'y prendre pour que je saisisse ? Voilà à quoi ressemblait son attitude à monsieur Lonkarsky, qui commençait à me « courir sur le haricot », comme disait ma nourrice.

Oh, que j'avais envie de le secouer !

Racontez-moi la fin de l'histoire, monsieur Lonkarsky ! j'avais envie de lui dire maintenant. Elle est chiante cette histoire ! Vous n'avez pas tout mon temps, monsieur Lonkarsky ! À cause de vous, je rate la danse !

Je n'avais rien dit.

Je bouillais intérieurement. J'avais bouilli extérieurement dans la classe de monsieur Rinier, professeur de travaux manuels. Ça m'avait conduite ici.

Je ne devais plus bouillir.

— Alors... mademoiselle Testud. Voici donc un nid qui représente la cellule familiale, telle que vous me l'avez narrée.

« Narrée » ? « Narrée» ?

Mais qu'est-ce que c'est que ça ? Je flairai le piège.

Il faisait exprès de parler comme ça pour que je rigole. Comme ça, tout le monde dirait que monsieur Rinier avait raison.

Je suis perturbée. C'est ce qui était marqué sur mon carnet de notes.

Narrée ! Pfff...

S'il se mettait à parler comme ça, il y avait toutes les chances pour que j'éclate de rire, ou que je m'énerve, je me disais.

Je résistais à l'envie qu'avait ma cervelle de se répéter le mot « narrer» .

Je m'accrochais. Monsieur Rinier aurait l'air d'un con. Je voulais.

Monsieur Lonkarsky enchaîna enfin.

— Que sont donc ces trois crayons de papier ?

Après cette question, monsieur Lonkarsky garda la bouche ouverte.

Ah, ah ! On y avait pas pensé, à celle-là, semblait dire sa nouvelle tête.

Il gardait la bouche ouverte, les yeux ronds comme des billes, les sourcils au plafond.

Ça va, j'avais compris le truc.

Les crayons, c'étaient mes deux sœurs et moi.

— Les trois filles ? j'avais dit.

— Non ! Non... mademoiselle Testud !

Son visage s'était complètement transformé de nouveau. Les sourcils s'étaient baissés, les yeux remis en position sévère, la bouche resserrée.

J'étais interloquée. Ah ben, je m'étais crue trop maligne.

Je le regardais. Je ne connaissais pas la réponse.

— Ces trois crayons, mademoiselle Testud, sont les trois oisillons qui vivent dans le nid.

Après avoir avalé le nid, je devais avaler que mes sœurs et moi ressemblions à des crayons.

Je hochai la tête.

J'avais trouvé : quand je ne savais plus quoi faire ni quoi dire face à monsieur Lonkarsky, je hochais la tête. Cette attitude semblait convenir à mon interlocuteur.

Il poursuivit :

— Bien. Maintenant... mademoiselle Testud. Que représente la gomme ?

Je me concentrai.

Euh... Une gomme, ça efface...

— C'est la mémoire des oisillons ?

— Non ! Non ! mademoiselle Testud !

Il s'énervait presque.

Ben merde alors... J'étais nulle à ce test, moi !

— Il ne faut pas prendre les objets pour ce qu'ils sont !

Il s'attendait à mieux de ma part.

Je baissai la tête. J'étais mauvaise.

Il décida de m'aider. Il décida même de me donner la réponse.

— La gomme... mademoiselle Testud. La gomme... est une représentation de l'oiselle.

Je relevai les yeux pour observer la tête de l'oiselle : une gomme blanche.

Il poursuivit :

— L'oiselle est ?

Alors là, je savais !

— La mère des crayons ! je lui ai balancé.

Il a fait un mouvement de tête qui disait que presque, mais pas tout à fait. Cette fois, il n'avait pas dit : « Non ! mademoiselle Testud ! »

Il avait dit :

— C'est effectivement la mère.

Il avait remis un peu de suspens en me considérant encore un temps.

Il avait repris.

— La gomme... mademoiselle Testud, c'est la maman oiseau. La maman des oisillons.

Il avait souri. Il était content de me faire bientôt découvrir le puzzle assemblé.

Je regardais la gomme-oiselle, les crayons-oisillons...

L'homme posa alors une main très lourde sur le dernier objet du nid.

— Et donc ? Le taille-crayon ?

— C'est l'oiseau ! j'avais presque crié, fière d'avoir au moins une bonne réponse.

Il était content pour moi.

— Oui ! Oui, mademoiselle Testud ! Alors, maintenant, si je m'en réfère à votre histoire. L'histoire que vous m'avez narrée, mademoiselle Testud... je retire cet élément.

Il s'empara du taille-crayon chromé et le cacha derrière son dos.

— Que se passe-t-il, mademoiselle Testud ?

— L'oiseau est caché.

— Où est-il caché ?

Je savais que la réponse était bête. Je préférai ne plus perdre trop de temps.

— Dans votre dos ?

— Non ! Mademoiselle Testud ! Non ! L'oiseau est caché quelque part, on ne sait où ! Je l'ai mis dans mon dos pour que vous ne le voyiez plus !

Sa figure montrait qu'il était atterré.

Avec moi, il y avait du boulot, elle disait, sa figure.

Il avait pris sur lui pour continuer.

— Bien. L'oiseau étant parti. Qui va rapporter le produit de la chasse dans le nid ? Comment vont faire l'oiselle et les oisillons sans le chasseur ?

J'en avais marre de ses conneries. J'avais envie de lui envoyer sa gomme et ses trois crayons à la gueule ! Je lui foutrais son nid par-dessus, et il arrêterait de me gonfler avec ses « mademoiselle Testud » et son histoire narrée !

Je n'ai rien fait de tout ça. Monsieur Rinier aurait l'air d'un con. J'avais décidé.

J'étais venue voir monsieur Lonkarsky, psychiatre réputé de son état, à cause du conseil de classe. Quelque chose n'allait pas avec moi. « Une gentille petite fille. Bonne élève. Sa maman se donne beaucoup de mal pour l'éduquer. Une élève sympathique. Mais une élève qui a des accès de fureur. »

Un psychologue ne me suffisait pas. Moi, j'avais besoin de la psychiatrie direct. Ils avaient décidé : je devais voir un psychiatre qui déciderait à son tour si, oui ou non, il y avait un problème avec moi.

Si monsieur Lonkarsky trouvait qu'il y avait un problème, je viendrais tous les mercredis après-midi à la place de la danse.

Si monsieur Lonkarsky trouvait que c'était normal que je m'énerve quand on me faisait trop chier, comme quand monsieur Rinier me demandait de ramasser sa craie, alors qu'il me l'avait jetée à la gueule, j'irais à la danse le mercredi après-midi.

Monsieur Lonkarsky reprit. Il valait mieux que je me concentre, sinon je n'irais plus à la danse le mercredi après-midi.

— Donc, mademoiselle Testud, le père est caché quelque part. Vous ne savez pas où. Les oisillons ne le savent pas non plus. Ils ont faim les oisillons !

Il continuait en agitant les trois crayons affamés.

Bien que nous n'ayons jamais crevé de faim, mes sœurs et moi, je hochai la tête en signe d'assentiment. J'y mettais de la très bonne volonté. Le médecin s'en rendait compte.

Il était content, finalement.

Il s'animait.

— Alors, que fait l'oiselle quand ses petits ont faim, mademoiselle Testud ?

Qu'attendait-il de moi ? Je ne savais pas si je débloquerais la situation plus vite en répondant n'importe quoi, ou si je ferais mieux de la fermer.

Je la fermai.

J'avais bien fait. Il semblait ne pas attendre de réponse. Mon œil vide d'idée lui avait suffi.

Il enchaîna.

— Savez-vous ce que fait l'oiselle pour nourrir ses crayons ?

Je la fermai.

— Eh bien, mademoiselle Testud, l'oiselle quitte le nid...

Monsieur Lonkarsky observa un temps de silence afin que je puisse encaisser la nouvelle.

Sa voix se fit plus grave.

C'était le moment de vérité. Le dénouement de l'histoire.

De son autre main valide, il retira la gomme qu'il cacha derrière son dos, elle aussi.

— Eh oui, mademoiselle Testud, l'oiselle laisse ses oisillons, seuls, dans le nid, pour aller chasser elle-même. L'oiselle ne peut plus protéger ses oisillons comme le voudrait la nature. L'oiselle part à la chasse.

Il me regarda. Le moment était grave.

— Les oisillons sont sans défense. Mademoiselle Testud, les oisillons se sentent démunis sans protecteur.

Je regarde mon pied sur l'accélérateur.
J'ai mis de belles chaussures rouges.
Je suis en retard.
Je n'ai pas de raison valable.

Au lieu de me préparer pour aller dîner avec mes amis, j'ai fait de la peinture.

Oui. Au beau milieu de mon salon, entourée de mes pinceaux et tubes d'aquarelle, j'ai peint.

J'ai peint un tableau qui ne sera jamais accroché tant il est moche.

Quand mon copain verra ça, il va refuser de prendre sa perceuse. Il va refuser de mutiler le mur de l'appartement pour y accrocher ma croûte.

Quand j'ai levé les yeux de mon œuvre, j'ai vu l'heure sur mon magnétoscope : 21 h 45.

Une heure de plus que celle prévue.

D'un bond, je me suis levée. J'ai couru dans le salon. J'ai couru dans le couloir. J'ai couru dans tout l'appartement. J'ai essayé de rattraper le retard.

J'étais prête à faire une croix sur la douche pour accélérer le mouvement, mais je me suis vue dans la glace.

J'ai eu une révélation : c'est normal que mon tableau soit moche et mal maîtrisé, si je peins de cette façon.

J'avais de la peinture jusque dans les cheveux.

J'ai frotté très rapidement mes mains, mes pieds, mes oreilles, mes coudes...

Je me suis tellement astiquée que j'étais toute rose en sortant de la cabine de douche.

À peine séché les cheveux.

Je me suis ruée dans le dressing.

J'avais beau courir dans tous les sens, les minutes se sont mises à filer plus vite que moi. Les minutes se sont mises à courir n'importe comment dans mon dressing. Le dressing a creusé mon retard.

Je ne savais plus quoi faire pour rattraper les aiguilles galopantes de la montre.

Chaussures...

J'ai regardé les chaussures étalées au sol de mon dressing.

Les dorées ?

Non. Trop dorées. C'était pas une soirée à chaussures dorées.

Les rouges ?

Ben oui, tiens... Les rouges.

Donc, j'avais les chaussures, j'avais le jeans. Il me manquait quand même le T-shirt... ou la chemise... ou... bref... il me manquait le haut. Je ne pouvais pas sortir sans haut.

Gris ? Bleu ?

Parfois c'est un casse-tête ! Je me suis désespérée. Ça m'énerve que les vêtements refusent de s'imposer.

J'étais à la bourre. C'était normal que tout se ligue contre moi.

Je regardais les T-shirts : je les voyais tous, là, devant moi, à ne rien faire pour m'aider.

Dénoncez-vous, nom de Dieu ! j'avais envie de leur gueuler.

Il a fallu en choisir un. Pressée par le temps, j'ai fait au hasard.

Ma main a filé sur les étagères...

Attrapé !

Voilà. On n'y revient pas. On ne regrette rien. Trop tard. Fallait y penser avant.

J'ai attrapé le kaki.

Un T-shirt kaki. Un jeans. Des chaussures rouges.

Si quelqu'un a une revendication à faire, qu'il la fasse tout de suite.

Comme personne n'a bronché, j'ai considéré que j'avais agi au mieux.

Ma mère disait toujours : « Qui ne dit mot consent. » J'ai toujours pensé le contraire, mais parfois une bonne petite phrase toute faite, ça cloue la gueule.

Personne n'a moufté. Le kaki.

Un bracelet. Une bague. Les trous de mes oreilles étaient déjà bouchés par des boules rouges.

Tiens... Ça va avec mes chaussures.

J'ai enfilé mon imperméable.

J'avais l'adresse : un restaurant dans le centre de Paris.

Ce soir, j'avais fait un effort. J'étais morte de trouille à l'idée de sortir de chez moi.

Si le courage peut se mesurer à la hauteur de la trouille qui lui fait obstacle. Si le courage se quantifie. Si on peut juger le courage à l'intensité de ce qu'on doit surmonter, alors je m'autoproclame la fille la plus courageuse que je connaisse.

Je suis en effet la fille la plus flippée que j'aie jamais rencontrée. La fille la plus flippée dont j'aie jamais entendu parler, même.

À « je pense, donc je suis », je réponds : je suis flippée, donc j'ai du courage.

La voiture était garée en bas de mon immeuble.

— J'ai eu de la chance hier, j'ai trouvé une place devant la maison, je me suis dit tout haut pour me donner une bonne raison de ne pas trembler de tous mes membres, quand j'ai ouvert la lourde porte blindée de mon appartement.

Je n'ai pas réussi à atteindre ma voiture dans le calme, certes, mais j'ai réussi à atteindre ma voiture sans encombre.

« T'as peur, t'as peur... T'as peur de tout, sauf du ridicule ! », il m'a dit plus d'une fois, mon copain. Il m'a dit ça d'entre ses dents serrées, devant mon attitude. Il m'a dit ça parce que, lui, il n'a peur de rien, sauf du ridicule, justement. C'est vrai que mon copain n'aime pas du tout la façon que j'ai de courir le bras en l'air, dans la rue, la nuit. Non. Ça, il n'aime vraiment pas. Même, ça lui fout les nerfs en boule. Quand je cours le bras en l'air dans la rue, mon copain fait exprès de marcher moins vite. Ça me fait encore plus peur, alors je cours plus vite, et je mouline de l'autre bras pour qu'il avance. Je mouline en lui faisant de grands gestes qui, normalement effectués, c'est-à-dire, à la bonne vitesse, signifieraient : dépêche-toi.

Quand j'ai peur, je fais tout plus vite.

Je lui fais le signe « dépêche-toi » en beaucoup plus rapide que la normale. À force, ça fait que je mouline sans obtenir de résultat.

Mon copain s'en fout complètement.

Il ne se presse jamais. Il prend même plaisir à marcher encore plus lentement. Ça ne m'a jamais calmée. Il y a carrément des soirs où je mouline si vite qu'il se demande comment je ne m'envole pas.

Je ferais mieux d'arrêter de mouliner avec lui. C'est plus fort que moi.

C'est mon bras qui se déclenche tout seul, on dirait.

— Et ton autre bras en l'air ? il m'a demandé plusieurs fois.

Mon autre bras est en l'air quand je cours la nuit vers ma voiture parce que j'ai un boîtier qui déverrouille les portes. Dès que je suis dans la rue, la nuit, je lève le bras et j'appuie très fort sur le bouton de la télécommande du boîtier. Ça fait clignoter les phares. Je sais ainsi que je peux me ruer dans la voiture sans perdre de temps. C'est pour ça que je cours le bras en l'air. C'est pour ne pas être arrêtée devant la porte fermée.

Je lui ai expliqué ça dix fois, à mon copain. Il ne veut rien entendre. Il dit que c'est idiot. Il dit que je ne gagne pas de temps à faire toutes ces manigances. Moi, je ne sais pas si je gagne ou si je perds du temps, mais une chose est sûre : je suis toujours dans la voiture avant lui.

Ce soir, dans la rue, j'ai filé si vite que personne n'aura pu se faire un souvenir avec mon image.

Ouf !

Je suis dans ma voiture. Portes verrouillées.

Ma voiture est longue. Ma voiture est noire. Elle roule vite : il y a un turbo dessus. Ma voiture pue : j'y ai déjà fumé quatre cigarettes sans ouvrir la fenêtre.

J'avais donc rendez-vous avec mes amis au restaurant. On était convenus : neuf heures et demie.

J'ai près de deux heures de retard.

Je n'ai pas eu la peinture facile, ce soir.

Bien qu'il soit très chic d'arriver après l'heure prévue, personne n'a poussé la coquetterie jusqu'à se faire désirer deux heures. Je suis la dernière. Je ne suis arrivée en même temps que personne.

Je me pointe devant le restaurant avec ma voiture et pas de place dans la rue pour se garer. Il n'y a pas de voiturier devant le restaurant. Il y a un agent de police en poste près d'un bâtiment public. Quand je passe devant lui pour la douzième fois, je m'arrête à sa hauteur. J'ouvre enfin la vitre de ma voiture, qui recrache un peu de fumée.

Je prends une petite voix, douce et fragile :

— Bonsoir, monsieur l'agent. Vous savez où je pourrais me garer pas trop loin ?

J'espère la clémence de l'agent. Cette longue rue n'a aucune voiture garée, mis à part celles des diplomates. Il y a de la place pour quinze voitures comme la mienne.

Il va faire une exception. Il comprendra que je suis vulnérable. Il ne me mettra pas de PV. Il veillera sur mon automobile.

— Au parking des Halles sud, il me répond, monsieur l'agent.

— Alors là ! Plutôt crever la gueule ouverte, de faim et de soif derrière mon volant que d'aller, à dix heures du soir, en jeans serré et talons dans le parking des Halles sud. Je préfère me garer au beau milieu de la rue. Je préfère laisser ma voiture partir à la fourrière plutôt que d'aller au parking des Halles sud ! je lui gueule maintenant, d'une voix pas du tout petite, encore moins fragile, à monsieur l'agent.

Je redémarre en trombe, sous l'œil ahuri de monsieur l'agent qui n'a pas bougé d'un pouce. Monsieur l'agent garde le bâtiment public et les voitures des diplomates.

Je conduis de façon saccadée pour exprimer ma colère.

Je fouille les rues des yeux.

Même pas une place de livraison. Même pas un passage pour piétons.

Rien.

Alors tiens... je me rends compte, il n'y a pas que moi qui tremble ! Il y en a plein d'autres qui n'ont pas le courage d'aller se garer dans un parking.

Je ne peux pas arrêter ma voiture.

J'allume une autre cigarette.

Je commence à penser : je m'en fiche, je vais rentrer chez moi.

La perspective de me garer, de me taper toute la rue, seule avec mes talons rouges, ne me rassure pas non plus.

J'essaie de les appeler. Tous. Personne ne répond. La salle de restaurant est au sous-sol. Les téléphones ne passent pas.

Ça fait près d'une heure maintenant que je tourne autour du restaurant. N'y aurait-il pas une âme charitable qui accepterait d'enlever sa voiture pour que j'y fourre la mienne ?

Quand monsieur l'agent a prononcé les mots « parking ouvert toute la nuit, Halles sud », ça m'a d'abord énervée, mais là, c'est l'espoir qui commence à s'envoler.

Je fais le point rapidement sur la situation. Si je veux rejoindre mes amis, je dois sortir de ma voiture. Pour sortir de ma voiture, je dois arrêter ma voiture. Pour arrêter ma voiture, je dois la garer. Il n'y a pas de place pour garer ma voiture.

Les places sont au « parking des Halles sud ».

L'idée d'aller retrouver mes amis dans ce restaurant s'efface complètement.

Je ne peux pas aller seule, la nuit, dans le parking.

Marcher dans les sous-sols d'un parking municipal à dix heures du soir ne relève plus du domaine du courage. Marcher dans un parking à dix heures du soir me semble un acte suicidaire. Quant à prendre l'ascenseur tagué, qui sent les pipis des messieurs qui ne peuvent se retenir à cause de leur prostate, ça me donne l'impression que je vais procéder à ma propre mise en bière.

Que faire quand on ne peut plus arrêter sa voiture ?

Rouler.

Rouler dans Paris est une des choses les moins faciles à réaliser.

Paris est parsemé de feux rouges, de stops, de priorités... Autant de pièges que je préférerais éviter.

Si je ne me gare pas ?

Si je ne m'arrête pas aux feux rouges ? Pas au stop ?

J'ai un accident, je pense en premier lieu.

Pas forcément, je pense en deuxième lieu.

Une idée me vient alors. Je peux ne pas m'arrêter aux feux rouges, ne pas prendre de rue à une seule voie, ne pas marquer de stop, ne pas me garer. Oui ! Je peux faire tout ça, sans avoir d'accident !

Je peux faire tout ça sur le périphérique !

Quelle ingéniosité. Je me félicite.

En plus d'être une fille courageuse, je suis une fille pleine d'imagination ! Je me congratule.

L'apologie du périphérique parisien : il n'y a pas de stop. Pas de feu rouge. Pas de trottoirs sur lesquels on peut traîner.

Le périphérique ne s'arrête jamais.

Le périphérique, c'est comme un disque.

Rouler sur le périphérique, c'est comme rouler sur un disque ?

Mais qu'est-ce que c'est que ça ?

Apologie terminée plus rapidement que prévu : le périphérique n'est pas une route en soi.

Le périphérique n'a pas de commencement. Il n'a pas de fin. Il ne mène nulle part. Quand on roule sur le périphérique, on peut y rouler toute sa vie.

Le périphérique est une sorte d'infini.

Le périphérique est un infini très petit.

Mais ces gens qui prennent cette fausse route en se disant : « Roule tout droit, mon amour... Là où nous arriverons nous attend le bonheur... »

Ah les pauvres ! Ils peuvent toujours l'attendre, le bonheur. Le périphérique est un piège ! Un piège différent, mais un piège quand même !

Je suis bouleversée par cette nouvelle réflexion.

J'ai quand même bien failli me faire avoir.

Je dois trouver une autre solution.

L'autre solution : mon copain.

Il n'est pas dans le sous-sol du restaurant. Il est en voyage à Hambourg. Il a sûrement eu une journée difficile. Il ne doit pas être sorti ce soir.

Il s'est levé à 4 h 45 du matin. Il m'a laissé la voiture pour que je puisse me rendre au dîner avec mes amis.

Mon copain a pris une navette. Roissy-bus. Air France à 5 h 30. Pour un enregistrement une heure avant le décollage, prévu à 7 h 10 de l'aérogare 2 porte F. Il participait ensuite, de neuf heures du matin, avec une pause-déjeuner d'une heure, jusqu'à vingt heures, à un congrès sur les nouvelles technologies du génie des télécommunications.

Non... Je suis sûre qu'il n'est pas dans un *bier-stübe* allemand en train de boire un bock. Surtout que, demain, il se lève encore tôt pour une nouvelle journée de congrès.

L'heure clignote sur l'écran de mon mobile. L'heure apparaît, lumineuse. Elle clignote si vite dans la nuit qu'elle semble danser.

23 h 40.

Ah oui... Il est tard, je me dis encore une fois, comme pour me rassurer sur mon état.

J'ai bien raison d'avoir peur. À cette heure, c'est dangereux.

Ça sonne...

Ouf ! Il n'a pas encore éteint son mobile.

— Mmmhhhallooo ?

La voix de mon copain arrive de loin.

— Tu dormais ? je demande d'une voix innocente.

— Mhhhhouiiii.

La voix reste loin.

— Je te demande pardon, je continue.

Je sens qu'il va dire : « On se rappelle demain. » Il va raccrocher. Je vais me retrouver de nouveau seule, dans ma voiture, en pleine nuit.

— Quelle frousse j'ai eue ! j'enchaîne, énergique, pour le tirer de son sommeil.

Il aimerait raccrocher. Il aimerait se rendormir dans son lit de Hambourg.

Je lui raconte mon aventure parisienne. Pas de place pour me garer. Monsieur l'agent. Je fais semblant de ne pas me rendre compte qu'il n'a rien à faire de monsieur l'agent, ni des parkings, à cette heure tardive.

Avec un interlocuteur, avec un témoin, j'ai un peu moins peur de me garer, marcher dans ma rue et rentrer chez moi.

Mon copain comprend qu'il ne réussira pas à raccrocher si vite.

La voix dans le téléphone se rapproche un peu.

— Même s'il t'arrivait quelque chose, je ne pourrais rien faire. Je suis en Allemagne.

Je m'en fiche qu'il me dise ça. Je suis rassurée qu'il ne se soit pas endormi au téléphone.

— Je sais, mais c'est mieux, est la seule réplique que je trouve à lui fournir.

— Mais c'est de pire en pire.

— Ne t'inquiète pas, j'arrive presque, je lui dis, pour qu'il accepte de m'écouter rouler, puis me garer, puis ouvrir la porte de mon immeuble, puis prendre l'ascenseur jusqu'au cinquième étage, puis monter un étage à pied, puis ouvrir la porte de mon appartement.

Quand j'ai refermé la lourde porte blindée de mon appartement, il dit :

— Ça y est ? T'es arrivée ?

Je suis soulagée. « Ce n'est pas pour cette fois. » Chaque fois que j'atteins mon appartement saine et sauve, je pense : « C'est bon. Ce n'est pas pour cette fois. »

Je dis :

— Oui. Bonne nuit. Merci. À demain.

— Ça va pas quand même ! T'as de plus en plus la trouille.

Il est sorti de son sommeil.

— Bon, tu dois être épuisé. On en reparle demain ?

— Dors bien.

— Dors bien.

Je raccroche rapidement. Je n'aime pas qu'on puisse émettre une critique sur ma trouille, mon angoisse, ma paranoïa...

Qu'on appelle ça comme on voudra, une fois la crise passée, je n'ai pas envie d'en discuter.

Je me suis excusée auprès de mes amis. Je ne suis pas venue hier soir.

— J'étais épuisée, j'ai dit.

— C'est parce que tu avais peur ? m'a demandé Valérie.

— Non non, j'ai répondu.

J'ai expliqué que j'avais préparé ma valise pour le tournage. Des tas de choses à régler. L'heure venue, j'étais éreintée.

— J'ai essayé de vous appeler. Vos portables ne passaient pas.

J'ai proposé un dîner pour ce soir, à la maison.

Ils ont dit d'accord.

— Où a dormi Cécile ? je me suis inquiétée.

Elle avait trouvé un lit pour l'accueillir.

— Tu veux que je dorme chez toi ce soir ? me demande Valérie.

Quand je suis seule dans l'appartement, je m'empêche de dormir pour écouter les bruits. J'écoute les bruits qui me font peur et m'empêchent de dormir.

Ce raisonnement est incompréhensible.

La nuit, je ne peux raisonner autrement.

Dès que mon copain part en congrès du génie des télécommunications, j'invite une amie à dormir à la maison.

— T'es une assistée, il m'a dit un jour, mon copain.

J'ai seulement répondu :

— Oui et alors ?

Il a secoué la tête. Il trouvait que je pouvais faire un effort, quand même, plutôt que d'ameuter la planète chaque fois qu'il partait en congrès.

Je sais bien que mes copines ne pourraient pas faire grand-chose en cas d'attaque.

Mais ça me rassure.

Je remercie Valérie. J'accepte.

Nous nous sommes dit à « ce soir ». Elle viendra dîner avec les autres.

Elle dormira dans la petite chambre à côté de mon bureau.

Est-ce que je n'ai rien oublié ?

Je tourne la tête vers ma valise.

Ma grosse valise rouge trône dans l'entrée. Quatre-vingts centimètres de haut pour soixante centimètres de large. C'est une grosse valise.

— T'as vraiment besoin de tout ça ? m'a demandé mon copain quand il a vu ma valise.

J'ai regardé la sienne.

Il partait pour cinq jours, presque une semaine. Sa valise était plus petite que ma trousse de toilette.

— Ce n'est pas une valise, c'est une malle, il a encore dit en regardant la mienne.

Ce n'est pas une malle, mais ma valise en a les dimensions.

J'inspecte mon appartement. Je fouille les étagères des yeux.

Il n'y a vraiment plus rien que je puisse enfourner dans cette valise ?

— Oscar passera chez toi à treize heures pour prendre ta valise, me dit Philippe au téléphone.

— Quoi ? Un seul gars pour porter ma valise ?

— Ben oui. C'est lui qui passe chez tous les acteurs, il rigole dans le combiné. C'est déjà bien, tu n'en as qu'une. Il y a des actrices qui en prennent plusieurs. Oscar les charge dans le camion. Il vous les fera déposer dans vos chambres d'hôtel, il m'explique.

Non. Non. Philippe n'a pas compris l'objet de mon inquiétude. Je n'ai pas peur de perdre ma valise. La presque malle est si grosse, si rouge, qu'on la repérerait au moyen d'un hélicoptère si elle venait à disparaître.

Non... Je suis inquiète pour le pauvre Oscar.

— Ma valise est énorme ! je dis bien clairement. Il faudrait au moins deux hommes pour la porter. Bien qu'elle soit montée sur roulettes, je ne peux pas la déplacer d'un centimètre.

Philippe rit. Il trouve charmant que je me fasse du souci pour Oscar qui aura bientôt le dos ruiné à cause de ma valise.

— Ne t'inquiète pas. Oscar est balèze, il dit.

— Bon. Eh ben... treize heures, ça me va.

Philippe et moi raccrochons.

Oscar va venir chez moi prendre ma valise parce que, la semaine prochaine, je pars pour deux mois à Aix-les-Bains. Je vais tourner un film. Nous tournerons six jours sur sept.

Aix-les-Bains est desservi par le TGV. Il faut tout de même trois heures et demie pour rentrer à Paris.

J'ai bien réfléchi avant de bourrer ma valise.

Un aller-retour Paris-Aix, je ne le ferai pas.

Sept heures de train dans une même journée ? Non. Je ne le ferai pas.

J'ai bourré la valise. Je ne veux manquer de rien. J'ai tout ce qu'il me faut pour deux mois. Huit semaines.

Quand je fais une valise, j'applique une méthode infaillible : la méthode de la liste. Oh non... Je ne suis pas le genre de fille qui arrive sur les lieux et se rend compte qu'il lui manque une paire de chaussettes.

Le réalisateur m'a demandé si je jouais au tennis.

J'ai dit :

— Moins bien que Sandrine Testud, mais un peu quand même.

J'ai pris ma raquette, trois joggings, ma paire de baskets. Je change de jeans tous les deux jours : seize jeans.

J'ai pris deux pantalons. À l'hôtel, il y aura bien moyen de laver deux jeans...

J'ai pris cinquante-quatre culottes. Quarante paires de chaussettes. Du paracétamol au cas où... Tous les médicaments qui traînaient dans la salle de bains : nez, gorge, oreilles. Des brosses à dents. J'ai pris mon imprimante, mon ordinateur, des DVD. Des livres. Mon Walkman avec des mini-baffles. Deux albums remplis de CD.

Un résumé de ma maison.

Je vérifie encore une fois...

Je pense que j'ai tout.

Ce qui me rassure, c'est qu'Aix-les-Bains n'est qu'à une heure de Lyon. S'il venait à me manquer quelque chose de vital malgré mes précautions, je pourrais toujours appeler ma mère lyonnaise ou une de mes sœurs. Elles m'aideraient.

Je regarde la lampe sur mon petit guéridon. Dans les hôtels, l'éclairage est souvent triste. Je me sentirais mieux avec cette jolie lampe... Je saisis la lampe, que je repose aussitôt.

Je n'ai vraiment plus de place. Tant pis. Je vais devoir vivre deux mois avec une lumière triste dans ma chambre.

Ma grosse valise a le ventre gonflé. À côté, j'ai posé le sac de nourriture pour mon chien : un sac de 15 kg. Je suis obligée d'emporter la nourriture pour mon chien, qui a la digestion difficile. Cet animal ne peut avaler que les croquettes roses du vétérinaire.

Ai-je tout réglé ?

Un coup d'œil à mes factures.

Mon agenda ?

Vide de rendez-vous jusqu'au 28 novembre.

Sur chaque page : Aix-les-Bains.

28 novembre : retour.

J'inscris : « Retour d'Aix-les-Bains le 28 novembre. Départ pour Courchevel le 10 décembre. »

La montagne.

J'aime la montagne. Le froid sec des hauteurs. Les sommets. J'aime l'ambiance des stations de ski. Tous ces gens qui glissent le long des pistes. La neige avale les bruits. Les skieurs silencieux. Les groupes d'amis qui se retrouvent dans les bars. Les visages rougis par le froid.

Je suis ravie. Tout est bien organisé.

J'ai réservé une belle chambre à l'hôtel de la Loze à Courchevel. Christine, qui prend ma réservation chaque année, sait que j'aime la chambre du deuxième étage. Vue sur les pistes.

Jérôme sera là pour me faire skier.

— Tu ne préfères pas y aller en février ? m'a demandé mon copain la semaine dernière.

— Non.

— Pourtant, le temps est plus clément en février, il a insisté.

Je vais passer huit semaines à Aix-les-Bains. Je tournerai tous les jours jusqu'à fin novembre. J'aurai quand même mérité une petite semaine de repos, non ?

— Même si le temps n'est pas ensoleillé comme au mois de février, j'ai envie d'aller à la montagne avant trois mois, j'ai dit.

Pourquoi attendre février ?

— Parce qu'à Noël il y a des tempêtes, m'a répondu mon copain qui ne « veut pas revivre la catastrophe de l'an dernier ».

Ça m'a énervée, qu'il me dise ça.

Quand j'ai vécu une catastrophe, je fais tout pour l'oublier.

Lui fait tout pour que je m'en souvienne, on dirait !

J'ai haussé les épaules. J'ai fait comme si je ne savais pas de quoi il parlait.

Ça me fera faire un peu de sport. Je vais solliciter mes jambes, mes bras. Je vais m'aérer. Je vais me reposer.

Je connais Jérôme depuis tant d'années. Il est plus que mon professeur de ski. Il est comme un grand frère que je vais visiter à Noël. Jérôme habite Courchevel l'hiver. Vallauris l'été.

L'hiver, il fait du ski. L'été, il fait de la planche à voile.

Il rit tout le temps. Il rit de tout. Le soleil de Noël.

D'une année sur l'autre, Jérôme réserve une semaine pour mon copain et moi. Il aime skier avec nous. Il trouve que mon copain est bon skieur. Il trouve que je suis drôle et agréable.

Ça me fait plaisir.

Quand nous passons sur les pistes, ses amis moniteurs, les clients éconduits à cause de nous, l'interpellent. Ils sont contents de le croiser. Jérôme rit. Il regarde ses amis moniteurs traîner les clients. Lui ne skie qu'avec des habitués. Jérôme ne s'embarrasse plus de clients « traîne-la-patte », comme il dit. Quand je ne skie pas à la hauteur de ses espérances, il me donne un coup de bâton.

Jérôme a l'accent du Sud. Depuis dix ans que je skie avec lui, il n'a jamais prononcé le « l » de mon prénom. Il hurle :

— Sivi ! Oh oh ! Qu'esse c'est ça ?

Il fait l'économie de quelques consonnes, de quelques syllabes. Je comprends que je skie mal.

Je m'applique.

N'importe qui me donnerait un coup de bâton, je m'énerverais. Quand Jérôme me donne un coup de bâton, ça m'amuse.

Il m'accompagne chez « Blanc », le loueur de matériel. De nouveaux skis sont sortis cette année. Il va falloir que je les essaie.

— Avec ça, tu vas voler, ma Sivi ! il me dit avec son sourire qui lui mange le visage.

Je dis oui à tout. Il est content. Je suis contente.

Jérôme est un sportif. Il a pourtant quelque chose de plus musclé que le reste : sa voix. Il a une voix forte qu'il ne sait utiliser qu'à une seule fréquence : celle du cri. Il hurle quand il me voit allumer une cigarette.

— Jette ça ! il me hurle à la figure, comme si j'étais à cent mètres de lui.

Il engueule mon copain :

— Tu ne lui dis pas d'arrêter, toi ?

Mon copain hausse les épaules. Je suis une bourrique. Le chapitre « tabac » me crispe en règle générale. Là, ça m'amuse. Il a peur que je ne puisse pas enchaîner les pistes. Fumer une cigarette, le soir, avec un verre d'alcool fort, lui paraît normal. Fumer pour rien le rend fou. Il dit :

— Pourquoi tu fumes ? C'est pas la fête ?

Pour Jérôme, la cigarette, c'est la fête. Il ne veut pas que je crève pour rien. Il accepte que je crève pour la fête.

Quand nous allons dîner chez sa mère, il me donne même un cendrier. C'est la fête. Nous dînons chez lui au Praz, à l'entrée de la station. Jérôme vit avec sa mère, à quinze minutes de Courchevel. Un chalet de pierre isolé. Pas un bruit. Sa mère et lui se ressemblent. Elle a vingt ans de plus que lui. Les vingt ans de plus indiquent qu'ils ne sont pas frère et sœur.

Nous mangeons à nous faire éclater le ventre. Ça fait plaisir à sa mère. Ça fait plaisir à Jérôme. Je fais honneur au repas que l'on m'offre. Nous buvons du vin. Nous rions beaucoup. Je fume. Je fume. Jérôme rit. Mon copain rit. Quand l'alcool et la nourriture trop riche ont eu raison de nous, Jérôme nous reconduit à l'hôtel.

Je passe une semaine dans un cocon. Un bain chaud. Il est à peine onze heures du soir. Nous sommes écrasés de fatigue. Demain, Jérôme frappera à la porte de notre chambre à 8 h 45 précises. Dans sa combinaison rouge, estampillée « ESF Courchevel », il hurlera :

— Ohhh ! Allez ! Et les traces ! Il y a de la puff, les gars !

Il faudra traduire qu'il a neigé cette nuit. Une couche de neige poudreuse, merveilleuse à skier, sera tombée sur les pistes.

Je m'endors sur ces pensées.

Comme prévu, je suis tirée de mon sommeil par l'accent du Sud.

— Sivi ! Debout ! Fainéante ! Il est moins dix !

Ça fait rire mon copain, qui est déjà en combinaison.

Je jette mes couvertures. J'enfile ma combinaison. Je suis prête.

— Tu as de la Piz Buin ? il me demande.

Ça fait rire mon copain.

Tous les ans, Jérôme me refait le même numéro.

Non. Je n'ai pas la peau tannée par le soleil. Je ne peux pas mettre la même crème qu'eux, qui sont déjà couleur marron foncé. J'ai de l'écran total 60+. Je suis couleur rose clair. Je n'atteindrai qu'un beige moyen s'il y a du soleil. Ça les fait rire. Je suis une petite nature.

Jérôme est fier que je fasse du cinéma. Quand quelqu'un me reconnaît dans un bar, il est aux anges. Il me dit, le visage fendu par son sourire :

— Oh, ma Sivi ! Tu es une star ménan ?

Que répondre ?

Je hausse les épaules, ce que Jérôme prend pour une très grande modestie de ma part.

Dans l'œuf qui est la forme de l'habitacle, il me parle du film que sa mère et lui ont regardé à la télévision.

— Oh ! J'ai rigolé ! Avec ta copine, quand vous emballez le mec ! C'est trop fort ! Vous allez tourner la suite ?

— Je ne sais pas.

Son visage fier se transforme d'un coup en un visage consterné. Il me considère un instant.

— Tu travailles trop. Tu profites pas assez de la vie ! il me hurle maintenant. Tu ne lui dis pas, toi, de moins travailler ? il demande à mon copain.

Mon copain hausse les épaules. Je suis une bourrique.

Mon copain est content : quelqu'un pense la même chose que lui. Je ne dis rien. Je n'aime pas qu'on me fasse cette réflexion, à laquelle je ne sais pas quoi répondre.

Je regarde dehors.

Notre œuf, accroché à son câble, monte lentement vers les sommets.

Je m'aperçois que plus nous montons, plus le brouillard se fait dense.

Jérôme suit mon regard.

— C'est la purée de pois ! Mets ton masque, il m'ordonne.

Je mets mon masque.

Notre cabine continue son ascension de la vallée. Le vent s'est levé. Il tente de s'engouffrer dans les soufflets qui bordent les portes de notre œuf. Les soufflets résistent. Ça souffle. Ça siffle. Ce n'est pas bon signe. Je commence à avoir une appréhension.

Mon copain me jette quelques coups d'œil discrets. Il laisse faire Jérôme. Je n'ose rien dire à Jérôme, qui guette mes réactions.

C'est rare, que mon copain accepte de ne pas skier cheveux au vent.

Il met son masque, sa cagoule de laine noire.

C'est rare, que Jérôme consente à porter la moindre protection contre le froid.

Il met son masque, son bonnet, son cache-nez rouge.

La situation dans l'œuf ne me convient plus tout à fait. Jérôme feint de ne pas s'en apercevoir. Mon copain laisse faire Jérôme. Notre œuf s'arrête. Nous sommes suspendus au milieu de la vallée. Je regarde dehors malgré moi. Je crains de voir ce que je vais voir.

C'est ce que je craignais : je ne vois rien dehors. Rien du tout. Du blanc. Du blanc partout. Pas un relief de montagne. Pas une couleur criarde de combinaison rose, rouge ou jaune.

Le blanc le plus total.

Le chant menaçant du vent s'engouffre un peu plus dans les soufflets qui bordent les portes de notre œuf. L'œuf commence à se balancer sur son câble.

Jérôme m'aide à me protéger. Il remonte mon cache-nez. Il vérifie mes gants. Il commence à m'assister. Il détourne mon attention comme on détourne l'attention d'un enfant angoissé.

Je regarde mon copain. Je ne vois pas ses yeux derrière les miroirs de son masque. Mon copain reste immobile. Comme s'il ne voyait pas que je l'implore du regard. Mon copain évite mon appel discret. Il ne veut pas ruiner la stratégie de notre professeur de ski.

Il laisse faire Jérôme.

Je tente de respirer profondément. Derrière ma glotte, ma gorge commence à se serrer. Je respire avec un peu de voix dans mon souffle. J'essaie de détendre ma gorge. Je dois élargir le trou de ma gorge si je ne veux pas mourir asphyxiée, avant, éventuellement, de mourir écrasée, notre œuf sur la tête.

J'ai envie de demander jusqu'à quand l'œuf restera accroché à son câble s'il est secoué comme ça.

Je m'abstiens.

Mon copain m'a dit plusieurs fois de « la mettre en veilleuse ton imagination ». Mon copain me répète sans cesse que j'ai l'imagination « malfaisante ». J'ai l'imagination trop tordue.

Je ne dois pas laisser mon imagination « malfaisante » s'emparer de la situation. Je ne dois pas penser que notre œuf pourrait se décrocher et être jeté au sol. Ça, c'est complètement débile, ça n'arrive pas souvent.

Mon imagination invente les situations dans lesquelles je me trouve. Je ne dois pas inventer que l'intempérie peut créer l'accident. Ce n'est pas toujours le cas. Je ne dois pas penser que nous sommes assis dans un œuf suspendu à cinquante mètres au-dessus du sol. Si ça se trouve, c'est moins de cinquante mètres. Je ne dois pas penser que, si nous sommes arrêtés, c'est que la sécurité n'est pas assurée comme en temps normal. Jusqu'ici, à part dans mon imagination, rien n'indique qu'il y ait quelque chose d'anormal.

Il y a sûrement une foule de solutions à imaginer.

Mon imagination ne va en trouver qu'une seule.

Mon imagination inventera la situation la plus improbable.

Mon imagination est malfaisante parce qu'elle n'invente jamais de fin heureuse.

Je ne dois pas penser que, si nous nous écrasons sans mourir sur le coup, nous mourrons quand même. Trop de vent, trop de brouillard pour que les secours nous récupèrent avant que nous ne soyons gelés.

Je ne dois pas imaginer crever à petit feu, de froid. Rien ne dit qu'on mourrait à coup sûr au bout d'une heure, ensevelis sous la neige. Il y en a qui s'en sortent.

Il faudrait nous imaginer rescapés de la chute : cinquante mètres de haut.

Rescapés de la température : –12.

Rescapés malgré la durée de l'hypothermie : une heure minimum pour nous localiser ; une demi-heure pour nous dégager de notre caverne de glace ; une heure pour nous acheminer vers un poste de secours. Combien de temps pour nous ranimer ? Aurions-nous des séquelles ?

Cette mauvaise imagination m'engloutit presque systématiquement.

Je dois penser que « le pire n'est jamais sûr », que « la peur n'évite pas le danger ». Le danger évite-t-il la peur chez mon copain ? Le danger contourne son imagination. Le danger se camoufle-t-il dès que mon copain montre le bout de son nez ?

Je ne sais pas si c'est mon imagination qui veut encore mal faire, mais dehors c'est quand même bien la merde ! Je rumine, devant l'écran blanc. Mes yeux veulent examiner partout autour. Je les force à rester à l'intérieur de l'œuf. Je regarde mes bâtons de ski. Bleus et argent. Je fais l'éloge des bâtons. Beaux bâtons. La rondelle bleu clair. Bel assortiment de couleurs. J'essaie de distraire la « malfaisante ».

Mes yeux se tirent tout seuls sans que je me méfie. Ils se décollent de mes jolis bâtons pour se coller sur le néant du dehors ! Je ne contrôle plus mes yeux. C'est eux qui décident. Ils me forcent à regarder dehors. Je regarde. Le vide. Le blanc.

Ça y est.

La situation ne me convient plus du tout.

Ça y est.

J'ai besoin de voir loin. J'ai besoin que le ciel s'ouvre.

J'ai besoin que cet œuf de malheur redémarre, bordel ! Je commence à avoir du mal à masquer la perte de mon calme. Mon calme se tire par la fenêtre. Ma figure se crispe complètement. Ma bouche commence à s'ouvrir. Je vais dire que j'ai peur.

Jérôme prend les devants. Il se met à hurler avant moi. Le niveau sonore me fait l'effet d'une détonation. Comme s'il m'avait mis un coup de poing au plexus. Un clapet s'ouvre, une bouffée d'air s'engouffre.

Il beugle :

— Ils nous font chier à arrêter les œufs !

Jérôme ramène la civilisation là où il semblait ne plus y en avoir.

— C'est pas une tempête, ça ! Au moindre coup de vent, c'est le bordel !

Il hurle contre les mécaniciens dont lui seul se rappelle l'existence. Il prend mon copain à témoin qui joue les mécontents à son tour.

Jérôme ôte son cache-nez rouge. Il sort son téléphone portable de sa combinaison. Il téléphone. Quelqu'un lui répond. La mise en scène de Jérôme fonctionne. Nous ne sommes pas entièrement seuls au monde, je pense.

Jérôme hurle dans le téléphone.

— La Saulire aussi est fermée ?... Mais pourquoi ?

La mise en scène de Jérôme ne fonctionne pas longtemps. La piste la plus fréquentée de la vallée vient d'être fermée.

Je comprends alors que mon imagination est hors de cause. Je comprends que, dehors, c'est la merde. Je comprends que la tempête s'est bel et bien levée.

Mon copain a un mauvais réflexe : il regarde dehors. Ça traduit son inquiétude. Si mon copain est inquiet, c'est qu'il y a de quoi flipper.

J'ai du mal à respirer par le nez. Je dois respirer par la bouche. Je prends sur moi du mieux que je peux.

Jérôme raccroche.

— Ça pète là-haut ! On va en chier, ma Sivi ! il me lance avec son sourire enthousiaste.

Je reçois cette information comme l'annonce de ma mort certaine.

Il va se passer quelque chose d'atroce.

Jérôme n'a pas peur pour moi. Je suis bonne skieuse. Il n'y a aucune raison pour que je ne me sorte pas d'une situation difficile. La seule raison qui nous entraînerait dans une issue fatale serait la crise de panique qui s'emparerait de moi, on ne sait pas pourquoi.

Il y a un truc que mon copain ne pense jamais à me dire : c'est que rien ne me sert jamais de leçon ! Je refais toujours deux fois la même erreur ! Trois fois même ! Quatre fois ! Parfois plus ! C'est un vice !

Il m'est déjà arrivé de traverser l'enfer avec Jérôme. Arrivée en bas, j'etais prête à lui écraser mes deux mains sur la figure. J'étais prête à éclater en sanglots quand il a dit :

— C'était magnifique, ma Sivi ! Tu as été une reine ! Tu as skié dans les « éléments déchaînés » !

La flatterie, qui est un serpent plus malfaisant que mon imagination, a calmé l'accès de fureur qui pointait en moi. Mon copain, pourtant excellent skieur, n'avait pas eu droit au compliment. L'exploit n'avait rien à voir avec le niveau de mon ski. L'exploit avait été de tenir sur mes jambes. Je n'ai rien dit. J'étais contente que ce soit fini. J'ai hoché la tête.

Notre œuf a quelques soubresauts.

— Ton bonnet, me dit Jérôme.

Je replace mon bonnet, qui me semblait pourtant bien mis.

Notre œuf reprend son ascension dans le blanc.

— Ça s'assombrit un peu, j'arrive à articuler.

— C'est la gare des œufs qui est presque là, répond mon copain.

Il commence à avoir de la peine pour moi. Ça se voit. Il voudrait me rassurer. Ça ne servirait à rien. Il vaut mieux laisser faire Jérôme.

Nous sommes presque à l'intérieur du bâtiment, pourtant nous discernons à peine la gare.

Les portes de notre œuf s'ouvrent enfin.

Je vois ! Je vois les œufs de devant. Le bruit des chaussures des autres skieurs sur le sol grillagé me rassure. Il y a du monde. Je reprends un peu d'assurance.

Ils n'ont quand même pas tous décidé de mourir ? je me raisonne.

Nous ne sommes pas seuls. Les autres me rendent un peu d'espoir. Il n'y aura pas de catastrophe, nous ne sommes pas seuls... Les bâtons, les skis. Je me raccroche aux objets. Jérôme, mon copain et moi récupérons notre matériel. Jérôme discute avec les techniciens des remontées mécaniques.

— Ils ont tout fermé. La tempête va devenir dangereuse.

Jérôme a tout fait pour que je n'entende pas cette information. Mon copain a parlé pour couvrir la voix du technicien : « La tempête va devenir dangereuse. »

J'ai entendu !

Voilà qui va m'achever dans la seconde.

Jérôme se tourne vers moi.

— On a eu de la chance ! Ils ont tout fermé derrière nous !

Il appelle ça une chance ? Je l'aime bien, mais il y a des limites.

Est-ce mon imagination malfaisante qui fomente un mauvais coup, ou me prend-on pour une abrutie ? Je commence à ne plus croire en Jérôme, qui me cache la vérité. Mon copain a sûrement la tête d'un traître sous sa cagoule noire.

Je regarde dehors. On ne voit rien. Blanc. Blanc partout. Les skieurs disparaissent les uns derrière les autres. Ils sont happés par le néant.

Je voudrais qu'on y aille tout de suite, avec tout le monde. En groupe de moutons.

Oui, je veux suivre.

Si on m'accrochait une cloche au cou, je ne dirais rien. Je suivrais mon berger sagement, et bien heureuse qu'il me retrouve si je me perds.

Je ne veux pas qu'on soit seuls. Dans ce blanc.

Jérôme qui ment regarde dehors.

— Remonte ton cache-nez. Ça gèle, il me dit.

Mon copain le traître m'aide à remettre mon cache-nez.

— Il est trop grand ! me reproche Jérôme qui ment.

Nous sortons.

Il n'y a plus personne. Pas un bruit. Le vent est violent. La neige me gifle. En quelques secondes, elle a recouvert le bonnet de Jérôme qui ment. Il a son masque, son cache-nez. Plus rien de mon ami menteur ne dépasse. J'entends assez mal ce qu'il me dit. Je comprends quand il me dit la vérité, trop tard :

— C'est une vraie tempête. On va descendre la Saulire. On va boire un thé, le temps que ça passe. Suis-moi ! il me dit en poussant énergiquement sur ses bâtons.

Jérôme qui a fini de mentir ne parle plus avec mon copain qui est toujours un traître. Jérôme se concentre sur moi. Mon copain le traître se sortirait de n'importe quelle situation. Moi, je mourrais dans n'importe laquelle si personne ne m'en sortait.

On ne voit pas à un mètre. Mes jambes flageolent. Je respire mal. Je suis presque aveugle. Je n'ai pas eu le temps de pousser sur mes bâtons. Jérôme s'est fait happer, lui aussi, par le néant ! Emmitouflée sous les couches de laine, de Gore-Tex et autres matières contre le froid, j'entends ma respiration difficile.

Le ciel et la terre se sont rejoints. Où se trouve le haut ? Où se trouve le bas ? La droite, la gauche, le devant, le derrière n'existent plus.

Je pousse sur mes bâtons.

Le blanc est une matière si dense que je ne distingue presque plus le bout de mes skis, qui semblent grignotés. Je ne vois aucun chemin.

Je m'arrête immédiatement.

Combien de mètres ai-je parcourus ?

Le paysage ne défile pas. Aucun point de repère. Le blanc m'entoure. J'ai encaissé les deux petites bosses sans les avoir vues. À quelle allure ai-je glissé ?

Je ferme les yeux. Je rassemble mes esprits. Le noir. Non. Je veux voir. Je veux désespérément voir.

Quand je rouvre les yeux, seule la couleur a changé. Blanc. Je tâtonne de la pointe de mon bâton. Où est le relief ? Où est la pente ? Où est la piste ? Je ne suis pas une aveugle expérimentée. Il me faudrait de l'aide pour traverser la route. Personne. Pas le moindre bruit qui m'indiquerait qu'un autre être se trouve près de moi. Seul le souffle du vent agressif, qui me pousse, qui m'emporte je ne sais où.

J'ai froid aux mains. J'ai froid aux pieds. Ils m'ont abandonnée là. Poignardée dans le dos par mes proches. Je me retourne. Je ne vois plus la gare des œufs. La bise m'a déjà entraînée. Je ne m'en suis pas rendu compte. Suis-je en train d'avancer ?

Je me mets à crier, comme si une bête féroce me dévorait.

— Jérôme !

Rien. Le blanc.

Où est mon copain ? Sa traîtrise avérée, il a filé dans le grand blanc.

Par expérience, je sais que je suis entre deux vallées. Sur une arête. Où se trouve le précipice ? Où se trouve le chemin ? Si je me trompe, je peux descendre du mauvais côté, dans la mauvaise vallée. Je peux tomber de plusieurs mètres dans le vide. Si je me trompe, je ne retrouverai pas Jérôme. Je ne retrouverai pas mon copain. Je ne retrouverai pas la vie.

Le vent plaque mon cache-nez trop grand contre mon visage. La laine est devenue une tôle de fer qui m'arrache les joues. Une buée épaisse s'installe dans le masque qui me servait de lunettes. Je distingue à peine mes pieds maintenant.

Je me débarrasse de mon cache-nez. La neige, propulsée par la bise, froide et agressive, me gifle de plus en plus fort. L'air entre violemment dans mes narines, m'empêchant presque de respirer. L'air est trop froid. Trop compact. Ma bouche s'engourdit, mais je crie.

— Jérôme ! Jérôme ! Jérôme !

De toutes mes forces. Je hurle sans relâche. Ma voix est à son maximum.

— Jérôme ! Jérôme ! Jérôme ! Jérôme ! Jérôme !

De tout au fond du blanc, de tout au fond du vent glacial, apparaît une forme. J'essaie de regarder à travers la buée dans mon masque. J'essaie de discerner quelque chose dans l'épais blanc. Oui ! C'est Jérôme !

— Jérôme ! Jérôme ! Jérôme ! Jérôme ! je m'égosille, comme s'il n'allait pas me trouver.

Je crie pour le persuader de venir à moi, comme s'il allait changer d'avis.

Il est remonté ! Il me fonce dessus. Il a eu pitié ! Le rouge de sa combinaison se fait plus net. Il m'a trouvée ! Il m'attrape par un bras. Il m'engueule.

— Suis-moi, je t'ai dit ! Tout près, je te dis !

Je veux ôter mon masque. Retirer cette buée qui m'empêche de le voir alors qu'il est si près de moi.

— Non ! il m'arrête.

Je n'ôte pas mon masque. Jérôme ne me laisse plus le temps de réagir. Quand il donne un ordre, je dois l'accomplir immédiatement. Jérôme ne rigole plus. Il est allé trop loin. Il s'en rend compte. C'est dangereux. C'est encore plus dangereux si je panique. Il devient sévère avec moi.

— Tu fais n'importe quoi ! Dépêche-toi ! Pousse sur tes bâtons !

Il s'énerve.

Il me fait traverser la route dans le néant. Je m'accroche à lui comme une débutante. Je ne sais plus glisser sur les planches. Je n'ai jamais mis mes pieds sur des skis. Jérôme me tire par ma combinaison. J'encaisse les bosses, les reliefs, sans les voir. Les gifles incessantes de la bise. Nous glissons je ne sais pas où, ni comment, ni à quelle vitesse. Je me concentre sur son bras. Je ne regarde que son bras recouvert de neige cristallisée. Le vent gonfle sa combinaison rouge. Les rafales de la bise, aiguisées comme des lames, me poussent, me fouettent. À travers ma combinaison, je reçois comme des milliers de petits cailloux. Je m'agrippe. Mes jambes sont raides. Prise par surprise, je manque de tomber à chaque aspérité de la montagne. Je suis bringuebalée. Je m'en remets à Jérôme qui ne ment plus.

Le vent donne un répit dans ses calottes. Nous avons sûrement passé le col. Je commence à entendre le bruit de mes skis sur la neige. J'aperçois mon copain le traître qui nous attend. Jérôme m'arrête. Il se tourne face à moi :

— Oh ! il me secoue. Tu ne savais plus où aller ? il me demande halluciné.

Je regarde la tête de celui qui m'a mise dans cette situation. Je regarde la tête qui peut m'en sortir. Le vent a balayé son cache-nez. Je prends un coup au cœur. Son visage est violet foncé ! Son nez est presque noir ! Une fine couche de glace recouvre le bas de son visage. Quand il parle, la couche de glace craque sur sa joue, laissant apparaître une couleur rouge sang. Oh, mon Dieu ! Sa figure est en train de casser comme du verre ! Jérôme est en train de mourir ! Je voudrais le prévenir. Je n'arrive pas à parler.

Un autre coup au cœur plus violent, quand le traître me dit très calmement :

— Sylvie, ne touche pas ton visage.

Jérôme qui est en train de crever me regarde.

— Sivi ? Qu'est-ce que tu as au nez ?

Jérôme et le traître voient une catastrophe sur mon visage.

— Mets tes mains à quelques centimètres de ta figure. Souffle dans tes mains.

Je comprends que mon nez est dans le même état que la figure de Jérôme. Les deux complices assistent à ma fin. Je tente de faire bouger l'extrémité de mon nez. Je ne sens plus mon nez. Je ne sens plus du tout mon nez !

— Non ! ! ! ! je hurle plus fort que jamais.

Je panique.

— Non ! ! ! !

Au secours ! !

Les deux complices s'approchent de moi.

Le mourant n'est finalement pas si mort. Une ruse de plus qui éclate dans le grand blanc.

— Calme-toi, il me dit en approchant

Un accès de fureur. J'ai peur qu'ils me touchent. J'ai peur qu'ils attrapent mon nez. J'ai peur que mon nez casse. J'ai peur que mon nez tombe. Je lève mes bâtons. Je les menace. Le premier qui approche aura affaire à moi. Il prendra un coup de bâton en pleine tête ! Je vais me battre ! Je me mets à gesticuler.

— Ne me touchez pas ! Au secours !

— Calme-toi !

Je ne sais plus lequel des deux parle. Je ne reconnais plus leurs voix.

— Ne me touchez pas ! je rugis dans le grand blanc.

Ils ne me touchent pas.

— Mets tes mains comme ça... à un centimètre, et souffle !

— Au premier mouvement, je frappe !

— Tu as le nez gelé.

Je n'écoute plus rien de ce qu'ils disent à présent. Je ne veux pas mourir comme ça. Je suis à bout de souffle. Je cherche la solution. Je ne la trouve pas.

— Au secours ! Au secours ! je hurle en désespoir de cause.

Ils sont plus petits que moi. Ça veut dire que la pente est vers eux. Si je veux m'échapper, je dois leur foncer dessus. Nous hurlons tous les trois :

— Tu mets tes mains comme ça et tu souffles !

— On est à cent mètres du restaurant !

— Au secours ! Ne touchez pas mon nez ! Je vais vous donner des coups de bâton !

Je dis n'importe quoi dans n'importe quel sens. Je menace. Je tiens à peine debout. Je veux partir d'ici d'une façon ou d'une autre. Quitter cet enfer !

— Au secours !

Ils vont m'empêcher de partir ! Ils ressemblent à des cosmonautes. Je vais m'écrouler. J'entends leurs ordres qui s'enchaînent. Auxquels je ne réponds pas.

— Tu te calmes !

— Tu mets tes mains comme ça !

— Tu souffles !

— Souffle, bordel !

Je n'ai presque plus de voix.

— Au secours !

Quel est ce réflexe ? Mes dernières forces se rassemblent. En avant ! Je pousse sur mes jambes de toutes mes forces. Je pousse sur mes bâtons. Je vais passer outre à leur barrage. Je tente le tout pour le tout. Je fonce sur mes ennemis.

J'échappe à l'agresseur en rouge. J'échappe à l'agresseur en noir. J'échappe au blanc qui m'étouffe. J'échappe à la tempête. Je pars comme un cheval au galop. Je pousse sur mes bras. Je pousse sur mes skis. Je pars tout droit, sans savoir où je vais. Je dois faire vite. Les complices se sont écartés. Je les ai dépassés. Rien ne peut m'arrêter. Je file très vite.

Les complices m'appellent :

— Sylvie ! Sylvie !

— Sivi ! Sivi !

— Pas tout droit ! À droite ! À droite !

J'ai eu de la chance. Je n'ai pas entendu les indications des complices. Je suis allée à droite. Si je les avais entendues, je serais allée tout droit. Si j'étais allée tout droit, j'aurais fait une chute de plusieurs centaines de mètres dans le vide.

Du blanc, une ombre a surgi.

Du blanc, une forme s'est élevée.

Le bar.

J'ai jeté mes skis, mes bâtons. Je me suis ruée dans le bar. Mon nez et mes doigts étaient presque gelés.

Jérôme et mon copain m'ont rejointe. Ils étaient hors d'eux. Ça aurait pu très mal se finir par ma faute. J'ai fait tout le contraire de ce qu'il fallait.

Je les ai laissés hurler leurs reproches sans broncher, dans le bar-restaurant d'altitude. Je regardais le feu dans la cheminée. Le cuisinier préparait un grill pour le déjeuner. Je m'en fichais maintenant. J'étais au chaud. Il y avait des gens autour. Ils buvaient des thés, des chocolats chauds. Il y avait les combinaisons roses, rouges, jaunes. Il y avait les visages rougis.

Et si c'était mieux en février? Je me pose quand même la question. Non. Après huit semaines de tournage, je serai contente d'aller me reposer à la montagne.

Je referme mon agenda.

Je regarde l'heure à mon magnétoscope. Onze heures et demie. J'ai presque deux heures avant qu'Oscar ne devienne mon ennemi. Le temps de ranger mon appartement.

J'allume la télévision. Elle me tiendra compagnie. Une émission est en cours. « Qui peut répondre à la question : combien y a-t-il de feuilles détachables sur un rouleau de papier toilette ? »

Incroyable : un candidat connaît la réponse. Il gagne cent euros.

La longue trompe de mon aspirateur est déjà prête. D'un coup de pied précis, j'enclenche la machine.

Mon chien Tiago se met à aboyer comme un malade. Ça ne m'inquiète pas du tout : c'est dans ses habitudes. Cet animal qui n'aboie jamais se met à hurler dès que l'aspirateur est en marche. Il en a la frousse. Mon chien ne retrouve un peu de fierté qu'une fois l'engin éteint, bien enfermé dans le placard. Il colle alors sa truffe contre la porte du placard comme s'il n'avait jamais eu peur et que, au contraire, c'était lui qui menaçait l'aspirateur.

La trompe grise avale les poils sur le tapis, les miettes de pain. Je passe entre les lattes du parquet. Rien n'échappe à mon attention lorsqu'il s'agit du nettoyage de mon appartement.

On frappe à ma porte ?

Je tends l'oreille. Je regarde l'heure. Il n'est pas treize heures, pourtant. J'arrête l'aspirateur. Oui, cette fois, j'entends clairement qu'on tambourine.

Il n'y a pas de judas sur ma porte. Elle est si épaisse qu'il « faudrait installer une longue-vue en guise de judas », s'est moqué celui qui a fabriqué les portes des bijouteries de la place Vendôme, celui qui a aussi fabriqué ma porte.

— Avec des portes comme ça, on met des caméras, il a ajouté, hilare.

Les bijoutiers ont des caméras de surveillance. Moi, je n'en ai pas. Je ne sais pas qui se trouve derrière ma grosse porte.

— C'est qui ? je demande.

J'ai gardé cette habitude de demander au travers de la porte : « C'est qui ? » Chaque fois que je prononce cette phrase, ma voix se fait aiguë. Presque la voix d'une petite fille à laquelle sa mère a répété mille fois :

— Tu n'ouvres pas sans savoir qui c'est !

Opération réussie : vingt ans plus tard, je suis collée à la porte. Je n'ouvrirai pas avant de savoir qui se trouve derrière.

— C'est le facteur.

Oui. C'est bon. Je reconnais la voix étrange du facteur.

Un courrier recommandé.

Mon chien a accepté d'oublier la trompe de l'aspirateur pour se visser à la porte d'entrée. Il est venu voir qui est l'ami qu'il faut lécher de pied en cap. Tiago est un animal gentil. Le mot « gentil » semble parfois faible lorsqu'il s'agit de mon chien. Ce chien est un chien aimant. Il aime l'espèce humaine comme aucun homme ne l'a jamais aimée. Il n'a qu'une idée en tête : lécher les humains. Dès que l'un d'eux se présente, il sort son immense langue rose et humide, prêt à badigeonner l'être aimé de sa salive. Mon chien est capable de prendre peur devant un sac en plastique qui s'envole. Il est terrorisé par mon aspirateur. Il frôle la crise cardiaque quand une porte claque à cause du vent. Il y a pourtant une chose qui le ravit : c'est quelqu'un qui veut entrer chez moi !

La queue de Tiago bat au rythme de son enthousiasme. Il veut embrasser le facteur.

J'ai le réflexe : quand j'ouvre la porte, je mets immédiatement ma jambe en travers pour empêcher l'animal de passer. Ça me donne une position oblique qui interloque tous ceux auxquels j'accepte d'ouvrir. À ma porte, je n'ai jamais vu quelqu'un que je ne connais pas autrement que penchée.

Le facteur me regarde. Je suis en diagonale dans l'encadrement, un pied par terre, l'autre sous la gueule de Tiago.

Le facteur baisse les yeux. Il suit du regard ma jambe en l'air. Le facteur voit mon chien, la tête coincée entre mon pied et la porte. Il me dit :

— Ah ben voilà. Avec lui, vous êtes bien gardée. Je me disais que vous étiez folle d'habiter ici toute seule.

Il désigne les toits de son doigt pointé.

— Quand il ne pleut pas... les toits du deuxième arrondissement sont des boulevards.

— Ah bon ? Des boulevards ?

Je demande plus d'explications. Je ne suis pas sûre d'avoir bien compris.

— Oui. On les appelle les « toitophiles ». Ils marchent sur les toits comme on marche sur des boulevards.

— Les « toitophiles » ?

Je demande confirmation. Je n'ai jamais entendu ce terme.

— Oui. C'est comme ça que la police les appelle.

— La police ?

— Oui. Ce sont des drogués qui viennent se shooter sur les toits. Ils ne sont pas inquiétés sur les toits.

— Ah... Et ?

J'attends la suite. Je sens que ce n'est pas la fin. Le facteur en a encore d'autres à m'apprendre.

L'œil de l'homme se fait perçant. Sa voix plus grave.

— Ça coûte cher, la drogue...

— Oui...

— Comme ils sont shootés, ils n'arrivent plus à redescendre par où ils sont venus, alors ils entrent chez les gens. Par exemple...

Il pointe de nouveau son doigt vers le haut...

— Vos Velux...

— Ah bon ? Mais les miens sont toujours fermés !

Je dis ça pour qu'il admette que ce n'est pas si facile d'entrer chez moi.

Il n'admet rien du tout.

Au contraire.

Le facteur s'emporte. Il se met à parler plus fort.

— Ils les cassent ! Ce sont des gens qui n'ont pas de scrupules !

— Ben oui, tiens... Ils auraient tort de se compliquer la vie, je marmonne

— Une fois dans l'appartement. Ils volent tout ce qu'ils trouvent ! Bien souvent, ils assassinent les propriétaires !

Là, c'est si clair que je ne trouve rien à dire.

— Vous savez, ce ne sont pas des êtres humains. Ce sont des animaux.

Alors là, je proteste intérieurement. Je ne crois pas que mon chien casserait un Velux pour voler quoi que ce soit. Il n'assassinerait personne. Quant à la drogue, il n'en a jamais vu la couleur.

— Mais ne vous inquiétez pas. Vous êtes bien protégée avec votre chien.

Le facteur me tend l'enveloppe qui m'est destinée.

— Signez là.

Je signe son papier. Il retire une feuille rose qu'il garde pour lui. Il me donne la blanche.

— Bonne journée ! il lance en redescendant les escaliers.

Je referme la porte. Des « toitophiles » ?... Des « toitophiles » ? Alors ça... Je savais qu'il était dangereux de se balader dans la rue, dans le métro, dans les parkings, même en rase campagne... Mais de là à penser que ces salopards vont chercher leurs proies chez elles, après une balade sur les toits... Les bras m'en tombent.

Je regarde mon chien. Il est déçu. Il n'a pas pu lécher notre ami facteur. Comment lui faire comprendre que, si quelqu'un entre par une fenêtre, il faut s'énerver ? Comment lui faire comprendre que, si quelqu'un arrive du plafond de mon appartement, c'est un toitophile qui veut me dépouiller et m'assassiner ?

Je soupire.

— Rentre ta langue, je lui dis.

J'ai fini d'aspirer tous les sols. J'ai rangé toute la vaisselle, nettoyé le grand miroir. Je vais faire tourner une machine, et je crois que j'aurai bien mérité une pause-cigarette, les fesses enfoncées dans mon canapé, les pieds croisés sur ma table basse.

Je rentre à peine la dernière chaussette dans le tambour du lave-linge qu'on frappe de nouveau à ma porte.

Pause-cigarette retardée de quelques minutes.

Je regarde l'heure. Oui. C'est mon futur ennemi. Celui qui repartira bientôt de chez moi le dos bousillé. Je demande quand même :

— C'est qui ?

— C'est Oscar de la régie, me dit la voix.

Je mets mon pied en travers de la gueule de Tiago qui recommence avec sa langue. J'ouvre la porte. Je me place : position oblique. Oscar est là.

— Mon Dieu ! je pense en le découvrant.

Oscar n'a rien d'un colosse. Oscar est un jeune homme plutôt fin ! Même très fin !

Mais à quoi ressemble Philippe ? je me demande d'un coup en voyant Oscar.

Philippe m'a dit :

— Tu vas voir, c'est un costaud.

Je vois : Oscar mesure à peine un mètre soixante-dix, il pèse sûrement moins que ma valise !

— Bonjour.

Je prends mon sourire le plus accueillant.

Comme le facteur ce matin, Oscar me regarde, surpris. Comme le facteur ce matin, il suit ma jambe en l'air des yeux. Il s'arrête sur mon chien. Il a un mouvement de recul quand il aperçoit la gueule de mon boxer.

— Une seconde, je vais l'enfermer.

Je réagis rapidement. Je veux être prévenante avec Oscar qui aura bientôt le dos en miettes.

Je traîne Tiago qui résiste des quatre pattes. Tant bien que mal, je l'enferme dans la cuisine.

— Voilà ! Il ne peut pas sortir.

Je tente de rassurer Oscar.

— Installe-toi cinq minutes. Je te fais un café ? je propose de ma cuisine.

Je n'ai pas envie de lui montrer ma valise tout de suite.

— Oscar ? Tu préfères un café plutôt fort, moyen, doux ?

Aucune réponse.

Je risque un œil dans le salon.

Peut-être qu'Oscar a compris que la grosse valise devant laquelle il est passé est celle qui va lui détruire la colonne ? Il a décidé que je ne mérite pas de réponse tellement ça va lui foutre le dos en miettes.

Non. Oscar est installé sur mon canapé. Il regarde la télévision.

— Oscar ? Tu préfères un café fort ou léger ? je demande une nouvelle fois.

J'attends quelques secondes. Aucune réponse. Oscar a boggé. Il n'a même pas tourné les yeux vers moi. Il est bizarre, le gringalet qui va se faire dessouder les vertèbres. Je n'aime pas son attitude. Il est venu chez moi pour regarder la télévision ? Je donne une mauvaise note à ses parents. Ils ont mal éduqué leur fils, qui mérite une paire de claques. Je m'en fiche. Je vais lui faire un café serré. S'il n'aime pas, je lui dirai :

— Bien fait pour ta gueule, tu n'avais qu'à répondre.

Machine enclenchée, je visse la capsule.

C'est quand même fou qu'il ne me réponde pas... J'ai envie de lui faire une réflexion. Je ne dis rien, il va avoir sa dose avec ma valise.

Quand j'apporte le café à Oscar, je comprends. Quand je vois la tête d'Oscar devant les informations du « 13 Heures », je comprends qu'il n'est pas sourd. Il n'est pas malpoli. Toutes mes excuses à ses parents.

Oscar est tétanisé sur mon canapé.

Quand je regarde ce qui terrorise Oscar, je comprends.

Le pire qu'un loup !

La présentatrice du « 13 Heures » parle de lui, l'homme pire qu'un loup ! La présentatrice redit les faits. Elle remue le couteau dans la plaie. Alors là, si mon copain voyait ça, il serait obligé d'admettre que ce n'est pas moi qui piste le pire qu'un loup, mais bien le pire qu'un loup qui me piste !

Il s'invite de nouveau chez moi. La première rencontre a eu lieu ici. Sur ce même canapé. Sans que je sorte pour pister qui que ce soit ! J'étais bien tranquillement assise sur mon sofa l'année dernière. Exactement comme Oscar aujourd'hui. Je regardais la télévision. C'est le présentateur du « 20 Heures » qui m'a révélé l'existence du pire qu'un loup. Ce n'est quand même pas moi qui suis allée le chercher ? Je n'ai pas eu besoin de sortir pour le connaître. Mon copain est parfois d'une mauvaise foi écœurante.

Dans mon appartement, le pire qu'un loup se tenait debout.

Devant moi.

J'osais à peine respirer.

Il ne regrettait rien.

Celui par qui le mal était arrivé. Celui par qui le mal allait une nouvelle fois arriver.

Sa cible : n'importe qui, n'importe où, mais pas n'importe comment. Le pire qu'un loup semait la mort. Il allait semer la mort chez moi, il avait l'air de dire, le présentateur ! Ça non plus, ce n'était pas moi qui l'inventais ! Je n'ai jamais présenté de journal télévisé de ma vie.

Le présentateur me prévenait que je devais faire gaffe. Je ne l'en remercierai jamais assez.

Le pire qu'un loup aimait la lueur d'effroi que j'aurai dans l'œil. La peur, l'angoisse, la terreur étaient sa passion.

Je me tordais les mains en apprenant ça au journal de « 20 Heures ». Ça faisait mal.

Le pire qu'un loup décidait de tuer au hasard de ses rencontres. Il aimait la panique qui gagnait ses victimes. L'acier semblait plus souple que son âme endurcie. Je voulais baisser les yeux.

Le pare-chocs d'une voiture m'apporterait une mort plus humaine que les mains de ce monstre.

Mes paupières se relevaient. Petit à petit, mes yeux étaient attirés par le pire qu'un loup. Le prédateur avait un don : il hypnotisait. Je lui tomberais toute crue dans la gueule si je ne faisais pas très, très gaffe, il prévenait, le présentateur. Je ne l'en remercierai jamais assez.

« L'inimaginable ». Ce sont ces mots-là qu'a prononcés le présentateur ! Inimaginable veut dire : qu'on ne peut imaginer, dont on n'a pas idée. Même pas moi.

Mes cheveux se hérissaient de peur.

Avant de porter le coup de grâce, celui que sa mère n'aurait pas dû former, celui que la terre n'aurait pas dû porter, allait raconter toutes les tortures qu'il inventait pour assouvir sa soif de souffrances.

« Âmes sensibles s'abstenir ».

Je tordais mes mains encore plus fort. J'avais l'index déjà presque foutu. Mon index avait été trop pressé par les autres doigts.

D'humain, le prédateur n'avait que le genre. De bête, il ne méritait pas le qualificatif. Son intelligence froide lui permettait d'échapper à l'erreur. Il n'en commettait aucune. Son but était toujours atteint. Il fallait vraiment faire très, très gaffe. Je me rendais compte.

Qui me sauverait ?

Qui saurait l'arrêter ?

Personne. Avait l'air de dire le présentateur.

Le détour d'une rue, d'un escalier, l'intimité d'un appartement, étaient son domaine.

La mort écœurante.

Je tordais mes pieds. Je m'attaquais aux doigts de mon autre main. Je serrais les dents.

Avant de voler son dernier souffle à sa victime, avant de lui voler son dernier regard pétrifié, le pire qu'un loup l'entraînait dans les catacombes. Il entraînait sa victime dans les égouts de l'humanité.

— Tu préfères des côtelettes ou une escalope ? m'avait demandé mon copain d'un coup.

Alors, celle-là m'avait sciée !

En plus d'être d'une mauvaise foi inouïe, mon copain était d'une désinvolture qui laissait sans voix.

Cette question, j'ai bien pensé ne jamais m'en remettre. Mon copain venait de me demander ce que je désirais manger au moment où l'on assassinait de la pire des façons !

Je m'étais mordu la moitié d'une joue, abîmé deux doigts. J'avais les cheveux tout droits sur la tête. Mes maxillaires étaient un étau indesserrable. Ma souffrance sautait aux yeux, et mon copain voulait savoir si je désirais une côtelette ou bien une escalope ? Mon copain me demandait ça, alors que j'agonisais sous la torture. Alors que mes yeux saignaient de douleur et de dégoût.

Je n'étais pas sûre que mes dents aient résisté à la pression de mes maxillaires. Mes dents avaient été pressées si fort les unes contre les autres. Je ne savais même pas s'il me restait un bout de chicot pour croquer dans un morceau de viande !

— Je fais des escalopes, il m'avait encore dit.

Qu'espérait-il ? Que je mange son escalope avec les gencives ?

Il était agacé, mon copain, que je ne lui réponde pas assez vite. Savait-il que peut-être j'avais perdu l'usage de la parole à cause du choc trop violent ?

Mes oreilles étaient sourdes à la vie. J'étais tout entière dans la fenêtre cathodique.

« Mesdames et messieurs, ce soir la France a peur, avait dit le présentateur dans l'écran de ma télévision. Mesdames et messieurs, ce soir, la France tremble. »

Mesdames et messieurs, ce soir, Sylvie était à l'agonie sur son canapé. Elle allait crever dans son salon, sans manger. Les Françaises n'allaient pas tarder à y passer. La tête du présentateur dans ma télévision était de circonstance. Il avait les boules, les Françaises allaient se faire dégommer les unes après les autres. Il avait les boules, ça commencerait peut-être par moi.

Moi aussi, j'avais les boules. Tout le monde avait les boules. Tous les Français avaient les boules. Les seuls qui s'en foutaient complètement étaient les deux sagouins dans ma maison. Les seuls qui s'en foutaient, qui se foutaient de la gueule des Françaises, étaient mon copain, occupé à l'escalope, et mon chien qui ronflait sans honte.

Le présentateur était déjà habillé pour les inhumations.

« Que resterait-il de mon corps abîmé ? » je m'étais inquiétée.

Le présentateur parlait au rythme de la musique synthétique qui était le requiem de la mort des Françaises. Les photos du pire défilaient.

— Mais qu'est-ce que c'est que ça ?

Je restai bouche bée. Je le connais ! Je connais le pire qu'un loup ! Je regardais les portraits sans pouvoir décoller mes yeux de l'écran.

C'est mon boulanger !

Ah... Non...

Non ! C'est le chauffeur de taxi qui m'a reconduite la semaine dernière !

Non...

Non ! Je sais ! C'est le libraire du coin de la rue !

Non...

Oh... Je ne sais plus qui c'est. C'est...

En tout cas, je l'ai déjà croisé.

J'en avais la quasi-certitude. Le présentateur avait l'air de dire que le pire qu'un loup marchait partout : sur les trottoirs de la ville, en dessous, dans le métro, au-dessus, sur les ponts. Il y avait bien un endroit où je l'avais croisé. Même si je ne marchais pas absolument partout, je marchais quand même.

Il fallait faire plus que gaffe. Je m'en rendais compte.

« Vous ne pourriez pas vous protéger s'il vous choisissait », disait encore le présentateur.

Un coup de pas-de-bol, et voilà le drame. Malgré leur vigilance, les victimes n'avaient pas pu l'éviter. Le présentateur n'avait pas trouvé les mots réconfortants. J'étais terrorisée. Démolie.

La mine du présentateur est devenue encore plus déconfite quand il a dû annoncer que le pire qu'un loup avait des copains. Beaucoup de copains. Aux quatre coins de l'Hexagone ! Là... J'ai failli me casser toutes les phalanges tellement je me tordais les mains.

— C'est quoi cette tête que tu fais ? il m'avait demandé, mon copain quand il avait posé les assiettes garnies d'escalopes sur la table du salon.

— Je ne veux pas crever zigouillée par un maboule ! je lui avais gueulé, à lui qui ne faisait rien pour me sauver de la fatalité.

Mes mains étaient froides et moites. Mes mains étaient tordues mais pas cassées.

— Tu crois que tu n'en imagines pas assez, que tu as besoin de regarder ces conneries ? il m'avait demandé encore.

Un pire que tout qui tuait, il appelait ça des « conneries », lui. Mon copain s'était levé. Il avait éteint la télévision. Il avait éteint le monde sans lui dire au revoir. J'avais presque été tuée, et lui ne pensait qu'à s'empiffrer d'escalope.

Nous nous retrouvions dans un nid douillet, aux lumières tamisées. Mon copain avait pris soin d'allumer les différentes bougies disposées dans mon salon.

Les lumières chaudes nous enveloppaient.

La mauvaise foi de mon copain était sidérante.

Il refusait de voir le monde en face.

Il refusait de voir combien j'avais souffert.

— Mais toi ! Tu es vraiment à côté de la plaque ! je lui avais signalé. Ça ne t'intéresse pas de savoir comment va le monde ? Ça ne t'intéresse pas de savoir que notre société produit des monstres malades de la tête ? Tu ne peux pas avoir trois minutes de compassion pour des femmes qui ont souffert, torturées durant des semaines, avant de mourir ? Tu t'en fiches que je vais me faire esquinter, assassiner ? Tu préfères avaler des escalopes à la bougie ? T'as remarqué, celle-ci sent la rose !

Mon copain me regardait. Il n'en revenait pas de cette nouvelle. L'inconscient. J'avais presque entendu ce qu'il n'avait pas dit : « C'est pas sûr que ça tombe sur toi. »

Et sa phrase de prédilection : « La peur n'évite pas le danger. »

Non mais c'est du bourrage de crâne ça !

Est-ce que c'est la phrase qu'il se répète chaque matin en se rasant pour en être si persuadé ?

— Ça peut arriver, oui ou non ? je lui ai posé la question.

— ...

— Tu ne sais pas quoi dire parce que tu sais que ça peut arriver ! je lui avais jeté au visage.

Ça lui avait foutu un coup.

Mon copain était vexé. Il avait mangé son escalope sans rallumer la télévision. Je l'avais regardé manger la viande. Aucune pitié pour ceux qui souffraient. Désolant.

Mon copain refusait de regarder la réalité en face, je le voyais quand il remettait un peu de sel sur ses haricots. Non... Cette fois, mon copain devrait admettre quand même que ce n'était pas moi qui avais peur pour rien. Il devrait admettre que ce n'était pas moi qui cherchais le pire qu'un loup.

J'ai envie de lui téléphoner et de lui passer Oscar pour qu'il sache, à la fin, qu'il y a des bornes à la mauvaise foi.

J'hésite un instant...

Je décide de ne pas téléphoner. Je décide de ne pas perturber Oscar encore plus. Il est si blanc qu'on dirait une momie.

Le pire qu'un loup a encore frappé.

Comme moi avec les escalopes, Oscar n'a pas accordé un coup d'œil au café que j'ai posé devant lui.

La présentatrice a du mal à s'arrêter de parler de notre agresseur, à Oscar et à moi.

Oscar ne décolle les yeux de l'écran qu'au moment où la présentatrice lui annonce que le bulletin météo va être donné par sa copine. Il tourne lentement la tête vers moi. Il est terrorisé. Je n'ai jamais vu un garçon avoir peur comme ça. Sa peur diminue un peu la mienne. Je tente de le réconforter :

— Il s'en prend plutôt aux filles... je lui glisse.

Oscar n'aime pas que je lui glisse ça. Il avale son café d'un trait. Il n'aime pas que j'aie vu sa tête livide. Il veut partir de chez moi. Il veut aller trembler ailleurs. Le pauvre, c'est pas sa journée, je pense. Entre mon chien, les infos et bientôt ma valise, il va se dire qu'il y a vraiment des jours qui ne méritent pas d'être vécus.

— C'est quelle valise ? il demande tout d'un coup.

— Ben... heu, dans l'entrée... là..., je bafouille.

Nous arrivons devant la valise.

Oscar est médusé.

— Elle est vraiment très grosse, je m'excuse d'une voix mielleuse.

— Ah ça oui, il dit d'une voix mécontente.

Oscar et moi restons un moment interdits devant les kilos à descendre. Je romps le silence :

— Je peux t'aider peut-être ? je propose, alors que la valise est plus grosse que moi.

Oscar me dévisage. On dirait qu'il va m'en coller une. La valise est plus grosse que lui. Il ne prend pas la peine de me répondre. Oui... Je sais. Je ne peux pas l'aider. En même temps, ce silence était gênant à la fin. Il fallait bien décoincer cette situation, même par une réflexion stupide.

Un nouveau silence s'installe.

Je sens qu'une deuxième réflexion pourrait me venir. Je n'aime pas ce silence accusateur. Le silence est plus parlant que n'importe quelle phrase idiote.

— Peut-être qu'on peut appeler Philippe et lui dire d'envoyer de l'aide ? je tente encore.

Oscar a décidé. C'est bon. Il est énervé contre moi. Il vient presque de mourir devant ma télévision ; maintenant, il va se faire écrabouiller.

— Non. Il faut que le camion parte à seize heures. Je dois encore passer chez deux autres acteurs.

Oscar soupire.

Oscar inspire.

Oscar lâche :

— Bon.

Je déglutis.

Il est si mal, au vu de la valise... Quand il la soulèvera, il aura vraiment envie de me donner une gifle ou un coup de pied tellement il sera énervé. Il va se dire que je pousse un peu quand même. Il va se dire que : « Putain, les actrices, elles font chier. »

Oscar s'approche de ma valise. Le pire qu'un loup lui a foutu les jetons, moi je lui fous les glandes. Je recule d'un pas. Je le laisse seul avec son objectif : soulever le double de son poids. Avant de toucher la valise, il dit encore :

— Ça aussi, je dois le prendre ?

Il désigne le sac de 15 kg de croquettes.

Je réponds un minuscule :

— Oui.

Il me regarde fixement. Il veut retenir le visage de celle qui prend vraiment les gens pour des cons.

À ce moment-là, je me dis que peut-être je vais proposer d'enlever quelques paires de chaussures de ma valise, et aussi un ou deux livres, pour qu'elle soit moins lourde...

Je ne dis rien.

Oscar ne dit rien. Il n'en pense pas moins. Il regarde le sac de nourriture pour chien. C'est écrit en très gros : « Super size : 15 kg ».

Je ne peux pas enlever de croquettes du sac...

Quand Oscar a soulevé la valise rouge, sa figure est devenue violette. Je ne l'ai pas accompagné dans les escaliers jusqu'à l'étage du dessous pour prendre l'ascenseur. Du pas de ma porte j'ai écouté pour savoir si son dos ne se cassait pas. Il a posé ma valise au cinquième étage. Il est remonté chercher les croquettes. Après la valise, le sac a dû lui sembler léger.

J'ai refermé la porte.

Je suis crevée.

Ma pause-cigarette terminée, je me dis que j'ai un peu la tête dans du coton, quand même... À bien y réfléchir, je pense que cette nuit j'ai dormi moins de deux heures...

Si monsieur l'agent avait accepté que je gare ma voiture dans sa rue, je serais allée au restaurant. J'aurais dîné avec mes amis. La soirée aurait été agréable. Cécile serait venue dormir chez moi. Je n'aurais pas eu peur. Mais monsieur l'agent a refusé. Monsieur l'agent a dit « parking des Halles sud ».

Je déteste monsieur l'agent qui ne fait jamais rien pour me faciliter l'existence !

Je me lève du canapé. Vaseuse. Il faut que j'aille faire des courses. Hier, j'ai raté le rendez-vous au restaurant. Avant de partir tourner, j'aime bien voir mes amis. Ils viennent dîner ce soir. Ce soir, pas de parking, pas de nuit noire. Fatiguée ou pas, je ferai mon dîner.

J'enfile la petite veste que je n'ai pas mise dans ma valise.

Je me sens barbouillée... Je fais un effort pour passer mes bras dans les manches. Je bâille même.

Oh ben mince, alors, je ne vais quand même pas m'endormir maintenant ?

J'essaie de chasser cet état de mollesse qui s'empare de moi en m'activant plus rapidement. Je fais en sorte d'ignorer l'état ouateux qui voudrait me gagner tout entière.

Je vais chercher mon Caddie à roulettes. Il y a plus sexy qu'un Caddie de grand-mère, mais c'est mieux que de ne pas réussir à porter ses courses.

La laisse de mon chien... Trouvée. J'ai pris aussi les sacs en plastique de mes dernières courses. Il m'en faut plusieurs pour ramasser les déjections de mon animal.

— Tu pourrais prendre un sac-poubelle, m'a dit Valérie un jour, quand elle m'a vue enfourner quatre sacs dans ma poche.

C'est vrai, mon chien ne chie quand même pas un sac-poubelle entier.

Je prends un sac-poubelle ? Je décide que non.

— Tiago ? j'appelle d'une voix claire.

Je fais un nouvel effort pour me dynamiser.

La petite queue de mon chien s'agite rapidement. On va sortir. Il a compris. Il s'assoit devant la porte d'entrée. Il me fixe. Il attend sagement que je le regarde de mon air le plus niais, que j'approche ma tête de sa grosse gueule et que, d'une voix de gâteuse avant l'heure, je dise :

— On sort ? On sort ? On sort ? On sort ?

Il me regarde, la queue battante, la langue pendante, les yeux ahuris. Il attend que, après l'avoir dit quatre fois de suite, on le fasse : sortir.

C'est chaque fois pareil. Qu'est-ce que j'attends ? Qu'il arrondisse les babines ? Qu'il forme un « o » avec celles-ci ? Qu'il prononce un oui ?

Je ne sais pas d'où me vient cette manie de lui dire quatre fois la même chose. Normalement, quand j'ai fini une phrase je me débrouille toujours pour en avoir une autre sous le coude.

L'air frais va me faire le plus grand bien.

Raté. Il n'y a pas d'air frais dans Paris aujourd'hui. L'air dans Paris aujourd'hui est chaud. La capitale souffle un râle enveloppant et assommant.

Je marche dans la rue, entraînée par mon animal, qui me tire comme une masse molle. Je n'ai pas la force de résister. Je respire l'air chaud. La ville semble aussi lourde que moi. Je ne sais pas si c'est la chaleur ou mes oreilles fatiguées qui tamisent le son, mais les bruits sont étouffés. La ville ronronne.

Je tente de chasser le poids au sommet de mon crâne. Il fait beau. Je retire ma veste, que je noue autour de ma taille. Je lève un peu le nez. Je pense à Oscar qui doit être dans un sale état. J'essaie de me sentir légère...

Montorgueil et ses terrasses de cafés. Les Parisiens sont alanguis au soleil. La température n'est pas montée cet été. Le soleil n'est presque jamais apparu. L'été semble arriver au mois de septembre. Les terrasses offrent le spectacle des Parisiens, en T-shirts, marcels, tongs et lunettes de soleil.

Les étalages de la rue commerçante me réveillent un peu. Je regarde toutes les couleurs.

Il y a de l'animation malgré la chaleur abrutissante. Le kiosque à journaux. Les crèmes solaires les plus efficaces sont toujours à l'affiche.

Je secoue ma tête lourde.

Pascal m'a noté la marche à suivre et tous les ingrédients nécessaires pour un plat réussi. J'ai promis à Pascal d'essayer. Je dois refaire le plat qu'il nous a préparé le mois dernier.

Je tourne ma tête vers les produits.

— Ton plat dépend de la tomate. Tu pourras faire ce que tu veux, être la meilleure cuisinière du monde, si ta tomate n'est pas bonne, ton plat sera moyen.

Il m'a avertie.

Oui. Il me faut la tomate exceptionnelle.

C'est vraiment si rare, une bonne tomate ? À écouter Pascal, on dirait que les commerçants cachent les bonnes tomates au fond des magasins pour qu'on ne puisse pas les acheter. Moi, j'ai de la chance, je suis prévenue. Il y en a qui bossent toute la journée pour gagner leur tomate, et on leur refile de la saloperie...

J'espère que la bonne tomate n'est pas déjà au fond du panier d'un client plus matinal. « Le monde appartient à ceux qui se lèvent de bonne heure », nous répétait monsieur Larrue, professeur d'histoire et de géographie, quand nous étions en classe de seconde et que nous arrivions une minute après que la cloche avait sonné. Comme le monde ne nous appartenait pas, il nous envoyait chez le proviseur auquel le monde appartenait, mais aussi le droit de nous mettre des heures de retenue le week-end. Ça devait être pourri chez lui pour qu'il n'ait pas envie d'y passer le week-end, j'ai pensé plus d'une fois quand je me suis retrouvée face à lui, le samedi après-midi.

Je ne m'emparerai jamais du monde

J'ai passé des week-ends entiers au lycée sans que ça me serve de leçon.

Aujourd'hui encore, je me lève trop tard.

Ces odeurs mettent Tiago dans tous ses états. Il tire sur sa laisse comme s'il était complètement cinglé. Il m'entraîne sans difficulté devant son étal préféré. Celui qui, selon son goût, sent le meilleur. Il se dirige vers la poissonnerie.

Du poisson. J'en ai sur ma liste.

Offff... Je ne sais pas si c'est exactement ce que j'ai envie de renifler aujourd'hui... Il fait trop chaud. L'odeur des poissons m'est difficile à supporter. Je dois acheter des joues de lotte. Je relis deux fois ce que Pascal a écrit sur mon papier. Des joues de lotte ? C'est bien ça. Les poissons, même les plus gros, ne sont pas joufflus. Je n'ai jamais vu les joues d'un poisson. J'observe attentivement les poissons.

Non. Même les gros ont la tête fine.

Où Pascal trouve-t-il des poissons à grosses joues ? Ici, il n'y a que des poissons minces. Même très minces. Ben, qu'est-ce que je vais faire avec tous ces poissons anorexiques ?

Je cherche le poisson joufflu. Toutes ces gueules ouvertes... Tous ces yeux qui ont perdu leur dedans...

Une dame avec des gants en plastique ensanglantés arrive près de l'étal de glace pilée. Elle attrape un poisson. Ben quel spectacle ! Le poisson n'est même pas raide ! Il pend ! Il pend de sa main. La tête surtout ! Le poisson a la tête qui pend ! Le poisson a la bouche ouverte, et les yeux aussi ! Pire encore : la dame aux mains ensanglantées se tourne vers une cliente et lui fout sous le nez le poisson à la tête qui pend.

La dame aux mains dégueulasses demande à la cliente qui va payer pour se mettre ça dans le sac :

— Je vous le vide ?

Je vacille.

Faut avoir l'estomac bien accroché pour voir ça. Mon estomac n'est pas bien accroché aujourd'hui. Je commence à tourner de l'œil. Je dois pourtant demander à la dame des joues de poisson. Je crains de savoir ce qu'elle fera si je lui demande des joues de lotte. Elle va se pencher au-dessus de la glace pilée. Elle va se pencher au-dessus des gisants. Elle va plonger ses mains ensanglantées dans les cadavres luisants. Elle va me montrer ses dents. Elle va me sourire. La dame va me foutre le poisson crevé sous le nez. La dame aux mains sales va arracher ses joues, au poisson.

Moi, je vais lui dégueuler dessus.

La dame en a fini avec sa cliente. Elle lève les yeux vers moi.

— À qui le tour ?

Je regarde autour de moi... Personne n'attend.

Le tour est à moi.

J'hésite. Je passe l'étal en revue. On dirait que c'est la première fois que je vois une poissonnerie. La tête des poissons m'impressionne. Leurs yeux ouverts, vides d'expression, sont loin de me mettre en appétit. Je ne sais pas si j'ai envie d'acheter des poissons fraîchement massacrés, moi. Les gens transportent des cadavres entiers jusqu'à leur casserole. Ils s'en délectent. Ils les accompagnent d'une sauce.

Je sursaute.

— Ils sont beaux, n'est-ce pas ? me demande la voix guillerette de la poissonnière.

Ah, ça oui ! j'ai envie de lui répondre. Surtout celui que j'ai sous le nez. Il a la gueule ouverte, l'œil visiblement crevé, et du sang plein les nageoires... Quelle merveille !

Je ne dis rien.

Je suis décidément trop fatiguée. Je n'aurai pas le courage de surmonter cette odeur, ces images, bien longtemps. Je n'ai pas envie de promener l'odeur de la poissonnerie dans un sac en plastique, dans ma cuisine, dans ma casserole, encore moins dans mon assiette.

Tant pis pour la recette de Pascal.

J'achète deux poulets rôtis. Je vais commander le reste avec mon ordinateur, par Internet. L'huile d'olive, les condiments et les légumes surgelés viendront à moi.

— T'as fait du poulet ? ils me diront, ce soir, quand ils arriveront à la maison.

Je dirai oui.

Je n'ai pas trouvé de joues de poisson.

J'ai trouvé deux poulets sans plume et sans tête avec deux pattes et deux ailes.

Je rentre à la maison. Une bonne sieste, et ma journée va reprendre normalement.

Tiago nous entraîne de nouveau, mon Caddie et moi.

Je respire l'air chaud. Je lève le nez. Un ciel d'été. Je regarde l'unique trace blanche dans tout ce bleu.

Je vais recommencer la journée.

Ma copine Valérie n'a pas pu venir dormir chez moi ce soir. Elle n'a même pas pu venir dîner.

Je m'étais fait livrer ce qu'il me manquait pour le dîner.

L'huile d'olive est arrivée dans ma cuisine. À dix-sept heures, deux garçons ont frappé à ma porte avec des cartons pleins. Des condiments sous verre. Des légumes surgelés. Des yaourts. Des fromages industriels. Des packs d'eau minérale, même du pain.

Pascal va être consterné. Je rigolais toute seule en déballant mes produits.

J'ai donné cinq euros aux garçons. Ils étaient très contents. Ils m'ont demandé si c'était moi qui jouais du piano quand ils ont vu le crapaud dans mon salon.

— Bof... Je ne joue pas très bien, mais j'essaie, j'ai répondu fièrement.

— C'est quoi, ce piano? ils s'intéressaient.

— C'est un crapaud, j'ai répondu.

Ils n'avaient jamais entendu ça de leur vie. Ils ont pensé que je me moquais d'eux.

— C'est un quart de queue, j'ai dit ensuite.

Le quart de queue est mieux passé.

— Je voudrais un jour réussir à jouer les préludes de Bach, j'ai encore dit, l'œil inspiré.

— Alors là ! Ça, je ne l'aurais jamais fait ! m'a coupée Valérie au téléphone. Tu n'as pas peur de faire venir deux types que tu ne connais pas chez toi ?

— Ben non...

— Tu laisses entrer deux types pour trois bouteilles d'eau, tu leur montres ton piano ? Et là, tu n'as pas peur ?

— ... Euh... Non... Pourquoi ?

Je ne savais quoi répondre à ma copine, qui commençait à m'effrayer.

Ma copine me dit que je suis un peu... un peu... enfin bref.

Elle a poursuivi :

— Ça, c'est bien plus dangereux que toutes les idioties qui te font peur.

Alors là, je ne comprenais plus ma copine. Elle qui se moquait de moi parce que j'avais tout le temps peur. Pour une fois que je n'avais pas eu peur, elle me disait que j'aurais dû. Elle m'expliquait que les livreurs étaient des gamins. Ils ne faisaient pas carrière dans la livraison. L'idée pouvait les prendre de revenir un jour, parce qu'ils avaient vu quelque chose qui leur avait plu chez moi !

— Oh la vache ! J'y avais pas pensé !

Je ne savais plus quoi faire.

— Ça s'appelle du repérage ! elle a précisé.

Elle m'a dit que c'était trop tard pour ces deux-là, mais que c'était une mauvaise idée de se faire livrer.

« Tu crois que j'en ai pas assez dans mon sac à trouille et que t'es obligée de m'en rajouter ? » j'avais envie de lui demander.

— Je vais encore dormir seule aujourd'hui, dans mon appartement, je lui ai signalé pour qu'elle arrête de me faire peur.

Le dîner s'est bien passé. Pascal a froncé les sourcils quand, à la place des joues de lotte, il a vu les deux poulets. C'était pas grave.

— Les poulets étaient bons, il a dit.

Un coup d'éponge et voilà. Plus une trace du dîner.

Je regrette de voir tant d'ordre maintenant. Je me sentirais sûrement moins seule si je n'avais pas tout débarrassé. Un peu de mes amis aurait occupé mon salon. Après nos discussions et nos rires, l'appartement est comme mort. Je n'aime pas ça.

J'aime cet appartement sous les toits de Paris.

Petite fille, je partageais ma chambre avec mes deux sœurs. Me voilà seule maintenant avec quatre chambres, deux salles de bains. Mon salon est si grand que, depuis la fête du Nouvel An, je croise des gens qui me disent : « J'étais chez toi au Nouvel An. » Je ne les avais pas vus. Il y avait tant de monde dans mon salon. Des amis qui avaient amené des amis qui avaient amené des cousines. Tout le monde dansait. Moi aussi.

Mon appartement est le seul de l'immeuble. Il est presque le seul de la rue. Je suis perchée au sommet d'un immeuble de bureaux. Chaque matin, les employés arrivent dans mon immeuble. Costard-cravate. Tailleur-talons. Ils se hâtent. J'en croise un ou deux régulièrement.

— Bonjour Sylvie.

— Bonjour.

— Bonne soirée.

— Bonne soirée.

La nuit, il n'y a plus un bruit. Quand l'ascenseur s'arrête pour la dernière fois, c'est tout en haut, quand je regagne mes pénates.

Cet appartement est un havre de paix quand il abrite trois âmes. Je dors terriblement bien lorsque nous sommes au complet. Mon appartement devient un enfer sitôt qu'une âme manque.

Je vais me coucher dans la chambre de ma grand-mère. Dès que je suis seule, je change de chambre. La mienne est au fond de l'appartement. Je n'entends pas bien les bruits qui font peur de ma chambre. De celle de ma grand-mère, j'entends beaucoup mieux en revanche. Elle est tout près de l'entrée. J'ai baptisé cette pièce « chambre de ma grand-mère » quand elle est venue chez moi. Ça faisait vingt ans qu'elle n'était pas venue à Paris. Elle se souvenait qu'elle avait bu un café dans la brasserie 1900 de la gare de Lyon. Le Train Bleu lui avait laissé un souvenir impérissable.

Elle venait passer le week-end. J'étais dans tous mes états. Ma grand-mère venait à Paris. Elle venait dormir chez moi ! À part en Italie, chez sa sœur, je ne sais pas si ma grand-mère avait dormi ailleurs que chez elle depuis vingt ans.

Des coups de fil de toute la famille. L'événement était de taille. On vérifiait que j'étais équipée pour recevoir Restituta.

— Tu chauffes bien sa chambre. Elle a besoin qu'il fasse environ 22° C dans l'appartement.

— OK.

— Le lit dans lequel elle dormira n'est pas trop bas ? Depuis qu'elle s'est fait opérer du genou, elle a du mal à se lever.

— Non, le lit n'est pas trop bas.

J'ai vérifié que la chambre était accueillante. La salle de bains ? Comme neuve. Des serviettes propres. Pliées à l'équerre. Blanches. J'avais lavé. Rangé. Une descente de lit ? Elle pouvait glisser dessus. Pas de descente de lit. La lampe de chevet ? Elle fonctionnait. Et Tiago dormait chez Stéphane le coiffeur.

— Comment tu vas faire avec ton chien ? Tu te rends compte s'il lui saute dessus ? m'avait demandé une de mes tantes.

Plus de chien pour le week-end, donc.

Restituta Difolco allait prendre le TGV pour venir voir sa petite-fille. Moi ! J'étais fière à crever. Depuis que j'habitais Paris, mes grands-parents n'étaient jamais venus chez moi. Un pincement au cœur. Mon grand-père n'a jamais vu mon appartement, lui. Il est parti trop tôt.

Je finissais de tourner une séquence quand mon téléphone avait sonné. Je savais. Mon grand-père n'était plus là. Mon papy était parti.

Mon enfance à ses côtés. Sa voix éraillée. Son accent italien qu'il n'avait jamais perdu. Les histoires qu'il me racontait. Des histoires drôles. Jamais d'histoires vécues. Nous dessinions pendant des heures. Il n'avait pas de crayons de couleur. Pas de feutre. Il sortait tous les stylos bille qui étaient en sa possession. Un noir, un vert, un rouge. Il avait récupéré les chutes de papier dans son usine.

— C'est ton usine ?

Je lui ai posé la question tellement de fois. J'étais émerveillée. Mon grand-père possédait une usine dans laquelle on fabriquait du papier. Il commandait des gens qui travaillaient pour lui.

— J'espère que tu es gentil avec les gens qui travaillent dans ton usine !

Je le mettais en garde. Sinon je ne l'aimais plus. Un méchant papy ne pouvait pas faire l'affaire.

Il n'a jamais répondu.

Il n'a jamais dit que la table que je rayais avec la mine de mon stylo ne serait jamais remplacée. Il n'a jamais dit que son usine ne le payait pas assez pour lui permettre de changer les chaises que j'égratignais du talon de mes chaussures. Il n'a jamais dit que son doigt énorme avait été écrasé par la machine sur laquelle il travaillait. Il n'a jamais dit que son patron ne comprenait rien à ce qu'il racontait.

Moi, je savais qu'il était un héros.

Il n'a jamais dit que les immigrés, ceux qui parlaient avec un accent comme le sien, étaient considérés comme le contraire d'un héros.

— C'est aussi ton usine qui fabrique les stylos ? je lui avais demandé.

Il n'avait pas répondu. Il souriait.

— Ton usine ne pourrait pas fabriquer des crayons de couleur ! C'est nul, de dessiner avec des stylos !

Je m'agaçais du peu de bon sens de son usine.

Il s'endormait. La tête sur la table. Au milieu de nos dessins. La tête entre les mains. Il ronflait fort !

« C'est bien, je pensais. Quand on est patron d'usine, on a le temps de se reposer. »

Je regardais ses immenses oreilles. Du bout de mon stylo, je chatouillais le conduit qui mène au tympan. Il se réveillait d'un bond. Ça me faisait hurler de rire. Il n'a jamais dit qu'il était fatigué. Qu'il avait besoin de dormir. Je commençais à m'ennuyer. Je voulais dessiner avec lui. Il se rendormait. Il ronflait.

Je m'échauffais. Je voulais jouer à n'importe quoi, n'importe comment, mais faire du bruit. Les ronflements réguliers ne me divertissaient pas suffisamment. Je frappais les verres avec ma cuillère. Je sonnais les cloches. Mon grand-père se réveillait dans un dernier ronflement. Je rigolais. Ses yeux étaient tout rouges ! Ses mains avaient mis le désordre dans les quelques bouclettes encore accrochées à son crâne.

— Je vais enlever ma ceinture ! il me menaçait, les deux mains sur la boucle de son épais ceinturon.

Il jouait au méchant qui punit. Ça me faisait rire plus fort. Mon grand-père était incapable d'écraser une fourmi. Comment aurait-il pu frapper sa petite-fille avec une ceinture ? Même si elle était un *diavolo* – un « diable ».

À son enterrement, une de mes cousines est venue me réconforter :

— C'est encore plus dur pour toi. C'était un peu ton père, n'est-ce pas ?

Mes larmes ont séché. Ça m'a énervée, qu'elle me dise ça. J'aimais mon grand-père pour ce qu'il était. Il n'était pas un remplaçant.

Ma grand-mère vivait seule maintenant dans son appartement lyonnais. Elle avait décidé de venir me voir. Ma mère l'accompagnerait.

J'avais établi un programme parisien. Un tour de la ville en voiture. Il fallait qu'elle aperçoive la tour Eiffel, les autres monuments de Paris.

— Ce qu'elle veut, c'est pouvoir raconter ce qu'elle a vu à la pharmacienne, m'avait dit ma mère au téléphone.

Je n'avais pas dormi dans sa chambre. Mon copain était là. J'avais dormi tranquillement dans mon lit.

Tout était prêt.

Le TGV entrait en gare. Les voyageurs sortaient. Le nombre de personnes qu'on arrive à tasser dans ce long boudin est impressionnant, j'avais pensé en voyant la masse qui avançait lentement sur le quai de la gare de Lyon.

Ma mère et ma grand-mère se tenaient par le bras. Elles marchaient lentement au milieu des autres. Ma grand-mère a lâché le bras de ma mère dès qu'elle m'a vue. Elle s'est accrochée au mien. Elle a pris mon bras et ne l'a plus lâché jusqu'à la fin du week-end.

Mon programme était réussi. Le déjeuner au Louvre lui avait beaucoup plu. Mais ce qui lui avait fait le plus plaisir, c'est les deux autographes qu'on m'avait demandé de signer.

Nous avons visité le Louvre au pas de course. Le genou de ma grand-mère avait été sous-estimé. Ma grand-mère marchait très bien. En plus, elle marchait vite ! Ce qui intéressait Restituta, c'était la *Joconde* ! À quatre-vingts ans, elle n'avait jamais vu la *Joconde*. Restituta est passée devant *Le Sacre de Napoléon* comme si rien n'était accroché au mur. David, elle ne savait pas qui c'était, elle ne voulait pas le savoir.

— Mamie ! Regarde, c'est *Le Radeau de la Méduse* !

J'ai essayé de l'arrêter quand elle est passée devant le tableau de Géricault. Elle se fichait de cette galerie. Où était la galerie des Italiens ? Elle engueulait sa fille. Elle engueulait ma mère, qui selon son goût ne marchait pas assez vite. Ma mère s'était arrêtée devant un tableau qui n'était pas celui qu'on était venues voir. Ma grand-mère se dépêchait. Elle avait rendez-vous avec la *Joconde*. Elle ne voulait pas arriver en retard.

— C'est la galerie des Italiens, j'ai réussi à lui glisser à l'entrée de la nouvelle salle.

Ma grand-mère a quand même tourné un peu la tête à droite et à gauche. Elle semblait fière que toutes ces images accrochées partout soient italiennes.

— La *Joconde* se trouve au bout de ce couloir.

Quand j'ai fini ma phrase, ma grand-mère nous a semées, ma mère et moi. Elle s'est mise à trottiner dans la longue galerie. Elle a disparu à droite. J'étais contente de tant d'enthousiasme. Ma mère a couru pour la rattraper. Quand je les ai rejointes, je les ai trouvées au milieu d'une foule de touristes massés devant la mystérieuse dame. Ma grand-mère riait tant il y avait d'effervescence autour de la belle Italienne. Emprisonnée dans sa cage de verre, Mona Lisa souriait quand même. Une barrière avait été dressée pour la défendre. La *Joconde* se tenait loin derrière sa fenêtre. Malgré les panneaux « défense de photographier » en différentes langues. Malgré les pictogrammes d'appareils photo barrés d'un trait rouge. La *Joconde* souriait sous les flashes des touristes.

— Ils sont forts, les Italiens ! elle a dit, satisfaite, ma grand-mère, en rangeant son appareil photo dans son sac.

On pouvait s'en aller.

Nous sommes rentrées à la maison.

J'ai guidé ma grand-mère dans le couloir chaque fois qu'elle souhaitait se déplacer. Toutes ces portes... Pour la salle de bains, elle entrait dans mon bureau. Pour les toilettes, elle fonçait dans la cuisine...

— Il est où, ton chien ? elle m'a demandé, déçue.

Sa chambre lui a beaucoup plu.

Nous avons dîné tranquillement dans mon salon. Ma grand-mère est allée se coucher après minuit. J'étais plus fatiguée qu'elle. Je suis restée un instant avec ma mère sur le canapé.

— Tu lui as fait un plaisir immense.

Elle était fière de moi. Je pouvais aller me coucher.

— Bonne nuit.

— Bonne nuit.

Je respirais tranquillement dans mon lit, prête à trouver le sommeil, quand une image m'a traversé l'esprit.

— J'ai fait une boulette ! j'ai dit à mon copain en pleine nuit.

— Quoi ?

Il s'est réveillé.

— J'ai fait une boulette ! j'ai répété.

— Qu'est-ce que t'as fait ?

— J'ai pas enlevé les couteaux !

Alors là, mon copain s'est complètement réveillé.

— T'as oublié les couteaux ?

Il m'a demande confirmation de cette nouvelle hallucinante.

— Oui.

Il s'est énervé. Il a dit :

— Tu vois avec tes conneries, je t'ai dit que le plus dangereux, c'est les conneries que tu inventes à longueur d'années ! Il n'y a pas de danger à part toi dans cette maison. Un jour quelqu'un va se blesser avec tes idioties !

J'avais planqué un couteau de cuisine à la tête du lit de ma grand-mère. Il y avait un deuxième couteau entre le matelas et le sommier. Un troisième se trouvait entre le lit et le mur. Mon copain avait raison. C'était dangereux quand on ne le savait pas.

Quand je dors dans cette chambre, je m'arme. Je laisse dépasser les couteaux juste assez, afin de pouvoir les attraper rapidement en cas d'attaque.

— Mais qui veut t'attaquer ? il s'est énervé plusieurs fois, mon copain.

— Je ne sais pas. On ne sait jamais.

Si ma grand-mère tendait le bras trop haut vers la tête du lit, elle risquait de tomber sur le couteau ! Si ma grand-mère décidait de ranger son mouchoir sous le sommier, elle risquait de se couper avec la lame de couteau entre le matelas et le sommier ! Mais comment avais-je fait pour oublier ça ? je me demandais.

Le week-end se passait si bien. J'avais tout prévu. J'avais pensé à tout, sauf à ça. Le week-end risquait de mal tourner. Quand j'avais mis des draps propres, je n'avais pas fait attention aux couteaux de cuisine ! Ils avaient certainement glissé trop bas pour que je puisse les voir.

— Que faire ?

— Rien. Ne fais plus rien, il m'a dit, mon copain, en se recouchant.

Qu'est-ce que j'avais besoin d'aller planquer des couteaux de cuisine dans cette chambre ?

J'ai éteint de nouveau la lumière. L'image de ma grand-mère dormant au milieu des couteaux me rendait le sommeil impossible. Il fallait que j'aille retirer ces couteaux immédiatement. Je ne pouvais pas courir le risque que ma grand-mère s'entaille un doigt ou une jambe à cause d'un couteau mal rangé.

J'ai rallumé la lumière de ma chambre. Il était une heure et demie du matin. À l'heure qu'il était, ma grand-mère devait dormir profondément.

Je vais aller retirer les couteaux délicatement, je me disais.

Je me suis levée.

— Qu'est-ce que tu fous ? m'a demandé mon copain qui sentait que j'allais faire quelque chose avec ma grand-mère.

— Je vais enlever les couteaux, j'ai répondu.

Je me trouvais devant la porte qui ferme la chambre de ma grand-mère. J'écoutais. J'entendais sa respiration régulière. Il n'y avait pas de lumière qui filtrait sous la porte. Est-ce que ma grand-mère dormait ? Si j'ouvrais la porte et qu'elle se réveillait, j'allais lui foutre la trouille de sa vie. J'hésitais.

Que faire ?

Je ne trouverais pas le sommeil sachant que ma grand-mère dormait, entourée de couteaux de cuisine. Je n'osais pas entrer dans sa chambre. Je n'allais tout de même pas dormir devant sa porte ?

J'ai posé ma main sur la poignée de la porte plusieurs fois. Plusieurs fois j'ai enlevé ma main. Non. Je ne pouvais pas ouvrir. Je me suis éloignée de la porte. Tant pis, je suis retournée me coucher.

Une fois dans mon lit, j'ai encore changé d'avis.

Mon copain, qui en avait vraiment marre de mes simagrées, m'a dit :

— Il y a moins de risques que ses mains se promènent autour du lit quand elle dort, que de risque qu'elle ait une crise cardiaque en voyant quelqu'un dans sa chambre en pleine nuit.

Son argument m'a paru plausible. Je suis restée dans mon lit. J'ai eu du mal à trouver le sommeil.

J'ai lavé les draps de ma grand-mère, mais je n'ai pas enlevé les couteaux.

Je m'installe dans mon canapé. Ce n'est pas la peine que j'essaie d'aller me coucher. Le silence de mon appartement est plein de petits bruits inquiétants. La nuit, le moindre grincement me fout les jetons. Le moindre craquement de la charpente m'annonce le pire.

Mon chien dort à mes pieds.

Je regarde à travers la fenêtre :

— Merde. Il fait beau.

Est-ce que les toitophiles sont déjà en balade ?

Le facteur m'a bien prévenue.

Je regarde mon chien, écrasé sur le tapis.

— Faut que tu gardes, mon vieux.

Il soulève sa grosse tête, l'air groggy. L'effort semble avoir été trop grand pour lui. Il repose sa tête dans un long soupir. Il se rendort.

— Eh ben avec ça ! On est bien protégés...

Je revois la tête effrayée du facteur. Je ne sais pas combien il a croisé de toitophiles dans sa vie, mais il en est resté un traumatisme flagrant.

Je tente de chasser cette conversation de mes pensées. Ce soir, je dormirai seule avec mon gentil chien. Je tente donc de me persuader que personne ne va casser mes Velux, que personne ne va tomber du plafond. Ça ne marche pas du tout.

Je viens d'entendre un bruit sur le toit !

Je regarde mon chien. Il s'en fiche comme de l'an 40. Je m'extirpe du canapé. Je soulève la tête de mon chien qui repose sur mes pieds. Ça ne le réveille pas. Heureusement que je le connais bien, sinon je penserais qu'il est malade. Je penserais que les toitophiles ont commencé leur œuvre, en l'empoisonnant. Non. Je sais que c'est l'attitude normale de Tiago : jouer, lécher ou ne rien faire, telle est sa devise.

J'inspecte les toits. La nuit est claire. C'est vrai que ça doit être agréable de se promener sur mon toit. Personne. C'est bizarre... Je regarde un peu mieux. En même temps, le facteur n'a pas dit que ça arrivait toutes les nuits...

Je me réinstalle dans mon canapé.

Oh la vache ! C'est peut-être les livreurs qui vont revenir, maintenant que j'y pense... Ils m'ont parlé de mon piano. Mon piano leur plaisait bien. Ils vont peut-être venir pour me voler le crapaud ?

Je regarde par la fenêtre. Où sont-ils ? Je scrute. Je plisse les yeux pour affûter ma vision. Entre les toitophiles et les livreurs, je ne sais pas comment je vais m'en sortir.

Je vais téléphoner à mon copain. Oh ben mince... Il s'est foutu sur messagerie ! Qu'est-ce que je vais faire ? Il y a différentes formes, des ombres sur le toit... Qu'est-ce que c'est ?...

Ce sont les conduits de cheminées... Mouaiche... La menace qui pèse sur moi est lourde. Où est mon sabre ?

Je cours dans le couloir. Ça ne peut plus durer, cette menace ! Je refuse d'être une victime sans défense. J'ouvre la porte de mon placard. Le sabre noir est là. Je l'empoigne. Plus une minute à perdre. Je sors le sabre de son étui. La lame brille. Bien aiguisée.

Alors ?

Où sont-ils ? Où êtes-vous ? On va voir s'ils me voleront le crapaud ! On va voir s'ils pilleront mon appartement pour m'agresser après ! Avec mon sabre, je vais les embrocher les uns derrière les autres !

D'un geste rageur, je lève le sabre au-dessus de ma tête. J'ai de la force. Je sais me défendre quand je fais l'effort de m'en souvenir. Des deux mains, je tiens le manche du sabre. Je fouette l'air. Le bruit de la lame qui fend l'air.

Le ficus que j'ai rempoté la semaine dernière me regarde sans broncher. Je décide de m'en prendre à lui.

Mon chien me regarde avec un drôle d'air. Consterné. C'est ça. Il est consterné.

— Qu'est-ce que t'as ? Tu pisses pas droit ?

C'est ce que nous demandait mon oncle, quand on faisait une tête comme celle de mon chien. Oui. C'est ça. Mon chien pisse tordu. Je devrais l'enfermer dans un poulailler, ce chien. Pour qu'il apprenne à défendre. Comme mon oncle m'avait enfermée dans son poulailler avec mes deux sœurs, à l'âge de dix ans. Mon oncle voulait que nous apprenions à nous défendre. Nous avions une tête qui pissait de travers. Mon oncle était désespéré avec nous qui avions des têtes à nous faire « bouffer toutes crues par le premier venu ». Je refusais d'admettre que ma tête était celle d'une qu'on va manger sans même la cuire.

Mon oncle me défiait.

— Même mes poules, elles peuvent vous bouffer toutes les trois. Elles n'auraient pas d'indigestion ! Il n'y a rien à bouffer sur vos cannes de sauterelles !

Il se moquait de nous.

— C'est moi qui vais les bouffer, tes poules ! je hurlais à mon oncle qui finissait par me vexer.

Quitte à me faire éclater l'estomac. Je les aurais mangées. J'en étais persuadée. Mes deux sœurs allaient déjà un peu mieux. Je ne cédais pas. Mon oncle nous avait enfermées toutes les trois au milieu de ses quinze poules. Mes sœurs étaient terrorisées.

— Sylvie... Sylvie... Sylvie...

Ma sœur aînée répétait mon prénom plusieurs fois pour que je fasse quelque chose. Les poules approchaient, curieuses, sans crainte. De toute évidence, nous n'étions pas assez impressionnantes pour tenir la volaille à distance. Quelques insolentes venaient picorer les mollets de ma plus jeune sœur.

J'ai défendu. Les coups de pied ont fusé. Les plumes ont volé dans tous les sens. Ça caquetait de désespoir dans le poulailler. Intransigeante. Je défendais ! Leçon d'autodéfense donnée par mon oncle : assimilée. Plus une poule n'a essayé de picorer un bout de jambe de ma sœur. Les poules n'ont pas été mangées crues. Elles n'ont plus couru dans l'enclos.

Mon oncle n'avait plus de poule, mais il était fier de moi.

C'est ça qu'il faudrait à mon chien. Un stage chez mon oncle.

Je fais tourner mon sabre au-dessus de ma tête. Mon chien me laisse m'agiter avec mon sabre. Il ne répète pas mon prénom tout bas pour que je fasse acte de bravoure.

Je ferais mieux d'aller dormir, il pense. Oui, si j'avais un chien digne de ce nom, c'est ce que je ferais. Aller dormir. Si j'avais un chien qui gardait la maison, je n'aurais pas besoin de le faire moi-même.

Je vais tester ma lame et la précision de mes gestes sur mon ficus.

— Fffut !

La lame s'abat sur une branche de la plante. Coupée net ! Quelle précision !

Un deuxième coup.

Pffut !

Une deuxième branche !

Les branches du ficus tombent les unes après les autres. Une bataille sans merci est livrée dans mon salon. Toutes les branches du ficus sont au sol. Une boucherie !

Je tourne la tête.

La fenêtre ! Un candidat ? Ah ah ! Personne à l'horizon ? C'est plus difficile de s'attaquer à quelqu'un de fort ! N'est-ce pas ? Regardez ce que j'ai fait de la plante ! Du petit bois ! À qui le tour ? Personne ne se manifeste ? Ce n'est pas grave. Je suis patiente.

Je décide de me rasseoir sur le canapé. Mon sabre posé à côté de moi. À portée de main. En position. Il faut être entraînée pour prévenir l'attaque. Je décide que l'heure de l'entraînement est venue. Répétition des gestes. En un quart de seconde, je dois pouvoir m'emparer de mon sabre et réagir.

Je pose mes deux mains à plat sur le canapé. Je regarde un peu partout, comme si je ne me méfiais pas. J'imagine un scénario : je suis chez moi, tranquille quand... Un bruit. Alerte !

Je fais pivoter mon épaule droite. Ma main droite attrape le manche du sabre. Je bondis sur mes deux pieds, fléchie ! En position. Je suis rapide. Je suis fière de moi. Je vais pouvoir regarder la télévision tranquillement et attendre.

Mon chien n'a pas bougé. Dans un dernier effort, il est allé s'écraser sur son coussin de velours.

— T'inquiète. Je te protège, mon vieux.

Les heures passent. Les programmes de la télé se font soporifiques. Mes paupières sont lourdes. Je ne peux pas m'endormir maintenant. Ce serait trop bête. Je lutte. Mes yeux se ferment sur le petit tronc dépouillé de mon ficus. Un champ de bataille. Ils vont m'avoir par surprise...

— Hé ! hé ! Hé ! C'est moi !

Je suis sur le toit arrondi de mon immeuble. Mais comment suis-je montée ? Je frappe encore une fois au carreau du Velux. J'appelle mon copain. Il est dans ma cuisine. Il mange une tartine à la confiture de fraises des bois. Il aime bien la confiture. Je lui en achète dès qu'il n'y en a plus dans le placard. Il boit une gorgée de thé. Il lit le journal.

Mon copain lâche son journal. Il tourne la tête. Il coupe un nouveau morceau de pain. Il se fait une nouvelle tartine.

— Hé ! ! ! ! Hé ! ! ! ! Tu m'entends ? Je suis sur le toit ! Je ne peux plus redescendre !

Je frappe au carreau de Plexiglas blindé. J'avais demandé de blinder tous les Velux de mon appartement. Le Plexiglas fait moins de bruit que le verre, mais quand même... C'est bizarre qu'il n'entende rien. Mon copain finit d'étaler la confiture sur le beurre. Il croque dans le pain. Il poursuit sa lecture. Il est absorbé par son journal et sa tartine.

Je frappe encore au carreau. Il a entendu ! Oui ! C'est ça ! Il y a quelqu'un qui frappe ! C'est moi !

Il a un problème d'ouïe ? Ma parole ! Il cherche d'où vient le bruit. Mais d'où le bruit peut-il venir ? Du toit, il vient, le bruit ! Je fais du bruit sur le toit ! Mon copain cherche d'où vient le bruit partout, sauf là où il faut chercher.

En l'air.

J'aperçois mon chien qui entre mollement dans la cuisine. Mon chien a de bonnes oreilles. Je décide d'appeler mon chien. Lui va m'entendre. C'est sûr.

— Hé ! hé ! Tiago !

Je frappe à la vitre. Ça marche ! Mon chien lève la tête. Mon chien m'a entendue.

Non, mais quel crétin ! Il se couche par terre pour mieux me voir. Il se roule sur le carrelage de ma cuisine. Il s'est couché sur le dos, les quatre pattes en l'air. Il me regarde, heureux. Il veut que je lui caresse le ventre. Quel crétin ! Mon chien a de bonnes oreilles, mais il a le cerveau en mauvais état. Il ne se rend pas compte que je ne suis pas dans la pièce. Je suis à trois mètres cinquante au-dessus de sa gueule. Je me trouve à trois mètres cinquante au-dessus de son ventre et de ses pattes qui gigotent.

— Aboie ! Aboie ! je lui ordonne.

Je mime une gueule de chien avec ma main. J'aboie. Je lui montre ce qu'il doit faire. Ça l'intéresse. Mon spectacle a même l'air de le captiver. Il ne bouge plus. Il garde ses yeux rivés sur moi. On dirait qu'il se paye ma tête. Il me nargue. Je sens bien que je n'obtiendrai aucune aide de la part de celui-ci.

— Dégénéré ! je l'insulte entre mes dents.

Ce chien n'a pas été créé pour me faciliter la vie. Je laisse tomber avec lui. L'aide ne viendra que de mon copain. Comment faire pour qu'il me voie ? Comment faire pour qu'il sache d'où vient le bruit que je fais ? Mon copain n'identifie pas le bruit contre le Plexiglas... Le zinc fait pourtant un bruit particulier. La nuit, j'entends très bien les pigeons qui marchent sur le zinc. Mon copain entendra bien cinquante kilos qui martèlent le toit juste au-dessus de sa tête ?

Je me redresse. Je donne des coups de talon. Paf ! paf ! Paf ! Résultat ? Je cours à la lucarne. Il a levé la tête ! Je frappe. Au carreau.

— Hé ! Hé ! Tu me vois ?

Mon copain lève la tête ! Je suis sauvée ! Je suis sur le Velux au-dessus de sa tête.

— Hé ! hé ! ! Tu me vois ?

Je recommence.

Qu'est-ce qui se passe avec mon copain ? Il ne bouge plus. Il me regarde, immobile. Mais pourquoi ne bouge-t-il pas ? Je m'agite derrière le carreau.

— Hé ! Hé ! C'est moi ! C'est Sylvie, je lui dis pour le ranimer.

Ça le ranime un peu, mais pas beaucoup. Il se lève lentement. Il ne quitte pas le Velux des yeux. On dirait qu'il ne croit pas que c'est moi sur le Velux.

— Ouvre-moi ! je suis obligée de lui dire pour qu'il sorte de sa torpeur.

Oui ! Ça y est ! Mon copain a compris. Il bouge ! Il va chercher le long manche de fer qui permet d'ouvrir les Velux. La vitre se soulève. Elle forme un angle aigu avec le toit. Je peux passer ma tête sous la vitre. Je suis un peu dans ma cuisine.

— Mais qu'est-ce que tu fous sur le toit ? il me demande, ahuri, mon copain.

— Je suis coincée. Je suis sortie par la chambre de mamie et je ne peux plus redescendre. C'est trop pentu, je lui dis.

— Mais pourquoi tu es montée sur le toit ?

— Ça sentait la tartine !

Je lui explique. Je me suis endormie tard. Je ne savais pas qu'il était là, il ne devait rentrer que dans deux jours. Quand je me suis réveillée, ça sentait le pain grillé ! Quelqu'un avait fait du pain grillé dans la cuisine !

— Quand j'ai senti la tartine, j'ai eu peur. J'ai refermé la porte de la chambre de mamie aussitôt.

Je n'ai jamais vu mon copain avec cette tête. Il ouvre la bouche en grand. Il la garde comme ça un temps anormalement long. Il est très étonné. Je dois fournir plus d'explications si je veux qu'il la referme.

— À part Tiago, personne n'a dormi ici ! j'explique à mon copain. Ça m'a fait un coup de sentir cette odeur ! J'ai veillé toute la nuit, mais j'ai sombré aux alentours de cinq heures du matin ! Quand le jour se lève, je relâche mon attention. Tu sais bien !

Il a l'air de ne rien savoir du tout. On dirait même qu'il ne m'a jamais vue. Je continue de parler pour qu'il sorte de sa torpeur. La situation est étrange, mais il doit m'aider.

— J'ai pensé que quelqu'un en avait profité pour entrer dans la cuisine ! Pendant que j'avais relâché mon attention.

Il faut tout lui expliquer.

— C'est pas compliqué, non ?

Si. Ça a l'air compliqué. Il ne comprend rien.

— Je savais que ça ne pouvait pas être Tiago qui mangeait des tartines !

Je lui mets les points sur les *i*. Je développe un peu plus. J'essaie de remettre les yeux de mon copain en face des trous. Ce n'est pas facile. Il garde une tête ahurie.

— « C'est pour cette fois ! Ça y est, c'est maintenant qu'on va m'agresser ! » je me suis dit. J'ai refermé la porte de la chambre. Quelqu'un se trouvait dans la cuisine ! Tu te rends compte ? J'ai paniqué.

Il ne se rend pas compte. Il y a eu un court-circuit dans le grille-pain ou quoi ? J'espère que son cerveau n'a pas grillé avec les tartines.

— Quelqu'un se faisait des tartines grillées dans la cuisine !

Je commence à m'énerver.

— Toi, tu savais que c'était toi ! Mais moi ? Je ne le savais pas ! J'étais loin de penser que ça pouvait être toi qui mangeais des tartines. De la chambre, je ne te voyais pas ! J'ai pensé que c'était quelqu'un d'autre ! J'ai eu peur. Il y avait de quoi trembler, non ? Parce que je peux te dire que j'ai tremblé !

— ...

— J'ai fait tout ce que j'ai pu pour rester calme. Tu comprends ?

Aucune réponse. Je suis tout à fait au bout de mon explication à présent. Je m'impatiente. Son état légumineux devant le tableau que je représente m'agace.

— Tu aurais dû prévenir ! je l'engueule maintenant. J'ai cherché une solution pour sauver ma peau parce que tu m'as foutu la trouille ! Je me sentais prise au piège dans la petite chambre. Tu comprends ?

J'insiste.

— Je comprends que t'es complètement tarée, il me donne comme réponse à toutes mes explications.

Mon copain inverse les rôles.

C'est de ma faute, il a l'air de penser. Ça me met hors de moi.

— Tu devais rentrer dans deux jours ! Comment je pouvais savoir que c'était toi ?

Je l'engueule, hargneuse.

— En venant voir !

Il se met à gueuler, hargneux, lui aussi.

— Et si ça n'avait pas été toi ?

— Mais qui voulais-tu que ce soit ? il hurle.

— Ben, je ne sais pas, moi ! Si je l'avais su, je ne serais pas montée sur le toit !

Mon copain secoue la tête. Il est désespéré avec moi qui fais n'importe quoi. La situation est absurde, et ça ne l'amuse pas du tout. Il a raison. Je suis ridicule. Maintenant que mon copain est là, tout me paraît différent. Pourtant mon raisonnement me paraissait normal tout à l'heure.

Après un silence, j'admets que j'ai eu tort. J'avoue mon erreur :

— J'ai pensé que c'étaient des gens qui attendaient que je me réveille pour me cueillir...

Je suis honteuse de cette déclaration. C'est la vérité. C'est ça que j'ai pensé quand j'ai senti l'odeur de la tartine grillée. Je baisse les yeux. Mon copain m'en veut. Il n'a pas l'air d'avoir envie de me pardonner aujourd'hui. Il n'a pas l'air d'avoir envie de me comprendre. Mon copain a l'air d'en avoir marre de moi. Il quitte la cuisine.

Quand il revient, il me montre le papier que j'ai posé devant la porte avant d'aller me coucher. Sur le papier je lis : *Prenez ce que vous voulez, mais laissez-moi dormir. Merci.*

— Qu'est-ce que c'est que ça? il me gueule.

Oh... non... Je l'avais oublié, ce bout de papier... Je ne suis pas fière d'avoir à déclarer :

— Je me suis dit que, si des types entraient dans l'appartement, ils trouveraient ça cool... J'avais peut-être une chance de m'en sortir... je balbutie plus que mal à l'aise.

— Mais pourquoi des types entreraient ici? Qu'est-ce que tu as de si intéressant pour que des types prennent le risque de tomber du toit?

Il m'engueule encore plus fort. Je n'ai jamais vu mon copain dans cet état. L'heure est grave. Il a une crise de nerfs par ma faute. Ça ne lui plaît pas du tout que je sois au-dessus de sa tête dans la cuisine.

— Je ne sais pas. J'avais peur...

Je commence à pleurer sur mon toit.

Mon copain se calme un peu. Il soupire. Il ne sait plus quoi faire. Il regarde les barreaux contre lesquels je suis appuyée. Les barreaux qui m'empêchent de passer par le Velux. Il me regarde. Ça a l'air moche. J'ai sûrement les barreaux incrustés sur la figure.

— Je viens te chercher, il me dit.

Il part avant que j'aie eu le temps de lui dire qu'il ne pourra pas passer. Il ne pourra pas ouvrir la porte de la chambre de ma grand-mère. C'est le seul moyen de monter sur le toit.

J'ai poussé la commode devant la porte.

Il revient immédiatement. Il a compris que quelque chose bloquait la porte de la chambre. Il lève la tête de nouveau vers moi.

— Je ne peux pas ouvrir la porte, il me dit, exaspéré.

Il attend que je donne la raison de cette nouvelle anomalie.

— J'ai mis la commode devant.

Il me regarde éberlué. La commode est très lourde. Je lui raconte que je l'ai vidée des livres sans faire le moindre bruit. J'ai posé chaque livre par terre très précautionneusement. J'ai soulevé la commode. Crrrrr ! Oh, doucement ! Je me suis arrêtée. J'ai eu peur de me faire massacrer. Je n'arriverais pas à la soulever sans bruit. Elle était trop lourde. J'ai eu une idée : j'ai enlevé les taies des oreillers du lit. Je pouvais soulever la commode pour glisser les tissus carrés sous les pieds. Une taie pour deux pieds de commode.

— T'inquiète, je ne les ai pas abîmées, je lui dis pour le rassurer.

J'ai fait glisser le meuble tout doucement. Avec la plus grande précaution, j'ai poussé la commode contre la porte de la chambre. J'ai replacé tous les livres en silence.

— C'est pour ça que tu ne m'as pas entendue. C'est pour ça que tu n'arrives pas à ouvrir la porte, je lui dis.

Mon copain est démoli par mon explication.

— Comment on va faire pour que je puisse rentrer ? je me risque à lui demander.

J'aurais mieux fait de ne pas m'y risquer. Ça l'énerve encore plus.

— Avec tous les scénarios que tu inventes, t'en as pas un qui peut te servir ? Tu vois que ce n'est pas si facile de rentrer maintenant ! il rugit.

— Arrête de m'engueuler.

J'éclate en sanglots.

Mon copain n'est pas ému par mes larmes.

— Je vais appeler les pompiers. Qu'est-ce que tu veux faire ?

— Oh non ! Pas les pompiers ! je le supplie.

— Mais qu'est-ce que tu veux qu'on fasse ?

Il panique. Moi aussi, je panique.

— Arrête de pleurer, merde !

— Arrête de m'engueuler !

Je pleure plus fort. Nous paniquons tous les deux. C'est la première fois que je vois mon copain perdre son calme.

Il se rassoit sur la chaise de la cuisine pour réfléchir.

— Tu peux m'apporter une chemise ? je lui demande comme Cosette.

Je n'ai pas eu le temps de m'habiller. Je suis en culotte.

Les premiers employés commencent à arriver dans les bureaux des étages du dessous. S'ils jettent un coup d'œil par la fenêtre, ils me verront en culotte sur le toit de l'immeuble.

Mon copain disparaît de nouveau.

Ça fait trois heures que je suis sur le toit. Mon copain est allé chercher la scie à métaux. Il a presque fini de scier le premier barreau. Il transpire sous l'effort. Il a répété plusieurs fois :

— Là, ça atteint des niveaux qui me dépassent.

Il y a quatre barreaux au Velux de la cuisine. Avec un de moins, il pense que je peux me glisser. Le soleil est de plomb. Mon copain m'a passé le tube d'écran total par la fenêtre. Il m'a passé un magazine qui traînait dans les toilettes. Je me suis aplatie sur le zinc pour ne pas attirer l'attention dans les bureaux.

Mon copain a décidé de faire une pause. Il avait mal au bras gauche.

J'ai eu de la chance, le deuxième barreau a cédé plus vite que le premier. J'ai pu rentrer dans la cuisine aux alentours de 15 h 30. « C'était un peu de la camelote, ce deuxième barreau », j'ai failli dire quand il a cédé si rapidement. Je n'ai rien dit.

« Ça fait bizarre, cette fenêtre avec seulement la moitié de ses barreaux », j'ai encore failli dire. Je me suis retenue. Mon copain était trop tendu.

J'ai pensé qu'il valait mieux le laisser se calmer avant de lui expliquer pourquoi le ficus n'avait plus de feuilles et plus de branches. Le ficus n'était pas mort sans raison. Ça a dû lui sembler évident. Il ne m'a pas posé la question. Il a mis le tronc de la plante dans un sac pour le descendre au local-poubelles.

Il a dit :

— Je vais prendre l'air.

« Ça ne va pas te rafraîchir des masses », j'avais envie de lui dire avant qu'il ne sorte. J'avais pris l'air chaud durant plus de quatre heures. Je n'ai rien dit. Après son congrès du génie des télécommunications, il était sur les nerfs.

— Et le cadeau de Fred? a dit mon copain, avant de m'entraîner dans la rue ce matin.

Hier, mon copain a trouvé que les limites avaient été largement dépassées.

Cette nuit, j'ai dormi apaisée par sa présence.

Cette nuit, mon copain n'a pas fermé l'œil.

Cette nuit, il a ruminé la journée d'hier.

La chaleur tombait un peu. La fin d'une lourde après-midi. L'eau de mon bain avait ramolli mes pieds. Mes orteils étaient fripés. Je regardais le savon qui formait une nappe protectrice. Je contemplais la nappe blanche à la surface de l'eau. Une trêve. Voilà comment je prenais mon bain. Comme une trêve. La panique du matin qui sentait la tartine grillée et mon long séjour sur le toit m'avaient secouée. J'écoutais le silence de la fin du jour avec bonheur.

Je t'attendais.

Tu prenais l'air.

Moi je prenais un bain.

J'étais dans la baignoire, face à la fenêtre. L'eau se reflétait sur les petits carreaux vert d'eau. Le soleil s'éteignait lentement sur la mosaïque. Ça faisait comme des vagues. J'avais l'impression d'être sur une île au large des Caraïbes. Tu allais rentrer de ta plongée sous-marine.

Je respirais profondément. Ça faisait bouger la nappe.

Cette fin de journée m'accordait un tout petit peu d'air qui filtrait par la fenêtre ouverte. Je plongeais ma tête sous l'eau des Caraïbes. Quand je ressortais la tête, la nappe était fendue. Je sentais le tout petit peu d'air qui venait sécher l'eau accrochée à mon visage. Il y avait un tout petit peu d'air. Pas de quoi le respirer pendant trois heures ! Parce que ça faisait trois heures que tu prenais l'air. Oui. Trois heures de prise d'air... Je me disais que l'air de Hambourg était peut-être asphyxiant. Le congrès, sûrement étouffant.

Ce matin, mon copain marche d'un pas décidé dans la rue. Il n'écoute rien de ce que je lui raconte. Mon copain avance tout droit. Il a un objectif. Il ne fera aucun détour, aucune pause. Il ne perdra pas une minute. Il veut arriver là où il a décidé qu'on arriverait. Il ne desserrera pas les dents avant de nous y avoir menés.

Je suis quand même de bonne composition.

« Il faut avoir le caractère mieux fait que la figure », disait ma mère, quand on l'énervait, mes deux sœurs et moi.

Je le suis, là où il pense que j'ai besoin d'aller, alors que je sais que ça ne sert à rien. C'est du temps perdu.

Je le suis.

Nous sommes en route pour l'armurerie. À trente minutes de chez moi.

— Je pars demain en tournage. Je n'en aurai pas besoin, j'ai dit à mon copain qui est très décidé à m'emmener à l'armurerie.

Ça avait atteint des niveaux qui le dépassaient. Je m'en rendais compte ce matin. Effectivement, mon copain était dépassé. Complètement. C'était comme si, d'un seul coup, il n'avait plus de discernement. Comme si, subitement, il avait perdu le sens des réalités. J'avais beau lui dire que, non, je n'avais pas besoin d'arme dans les jours à venir. Il voulait m'emmener à l'armurerie.

Que s'était-il passé avec mon copain pour que, brusquement, il veuille absolument m'armer ?

— Je n'en ai pas besoin, je lui ai dit clairement.

— Et le cadeau de Fred ? est la première phrase qu'il m'ait dite.

Avant de m'entraîner dehors.

Quand je me suis levée ce matin, il était dans la cuisine depuis un bon moment. Il n'a pas ouvert la bouche. Il avait vraiment très mal dormi. Je ne sais pas à quoi il avait pensé cette nuit, après notre discussion, mais ça l'avait mis dans un drôle d'état.

Il ne m'a rien dit au petit déjeuner. Il est allé prendre sa douche sans prononcer une parole. Normalement il dit au moins :

— Je vais prendre ma douche.

Il n'a pas prononcé une parole quand je suis allée prendre ma douche. Normalement, quand je dis :

— Je vais prendre ma douche.

Il dit au moins :

— OK.

Il n'a pas prononcé une parole pendant que je m'habillais. Il attendait que j'aie fini.

On allait à l'armurerie. Ça urgeait, je le sentais en enfilant mes baskets. Quand j'ai eu fini d'enfiler ma deuxième basket, il était onze heures du matin. C'est là que, d'un coup, il a dit :

— Et le cadeau de Fred?

Si mon copain avait économisé sa salive toute la matinée, moi, je lui racontais tout. Je voulais combler l'écart, le vide qui s'installait entre nous. Je lui racontais tout ce que j'avais pensé pendant qu'il prenait l'air, durant neuf heures hier soir.

C'était une autre explication que mon copain attendait de ma part. Je m'en rendais bien compte avec cette question : « Et le cadeau de Fred ? » Mon copain ne voulait pas discuter. Il voulait que je réponde du cadeau que Fred m'avait offert hier soir.

J'ai fini de nouer ma basket. Je me suis redressée.

— J'ai accepté le cadeau de Fred dans des circonstances que je pensais différentes de celles d'aujourd'hui, je lui ai dit.

Je ne sais pas si j'ai articulé correctement. Mon copain a eu l'air de n'avoir même pas entendu. Il attendait qu'on parte pour l'armurerie.

Dans la rue, j'ai essayé encore une fois :

— Tu as raison. Le cadeau de Fred était une mauvaise idée. Je pensais que tu étais parti. J'étais perdue avec toi qui étais sorti prendre l'air si longtemps. Fred est venu à mon secours. Quand il m'a offert le cadeau, je l'ai trouvé joli. C'est tout. Je n'ai pas pensé plus loin.

Devant le manque de réaction de mon copain, j'ai tenté de me défendre.

— Bon... D'accord, c'était idiot de ma part. Avoue que la situation dans laquelle tu me mettais avait de quoi me troubler ? Je ne suis quand même pas une débile mentale !

— C'est limite.

C'était la deuxième phrase qu'il m'adressait sur le chemin de l'armurerie. Je crois que je préférais encore quand tu ne disais rien, j'ai eu envie de rétorquer, devant sa tête comme celle du sphinx. Je n'ai pas rétorqué.

— Je sais que j'ai eu tort. C'est pas la peine de m'enfoncer, j'ai quand même lâché.

Si.

C'était la peine de m'enfoncer.

Dans la quatrième rue que nous avons prise, j'ai encore essayé de le raisonner.

— Le cadeau de Fred, je n'en avais pas besoin. J'ai cru en avoir besoin. Nuance.

Rien. Le mot nuance ne lui évoquait plus rien. Nuance ? Jamais entendu. Jamais lu nulle part.

Ce qu'il était agaçant à marcher de ce pas décidé !

Je n'insinue pas que je n'étais pour rien dans toute cette histoire, mais il ne m'avait pas aidée. Il devait quand même l'admettre. Après les barreaux sciés de la cuisine, il était parti prendre l'air jusqu'à quatre heures du matin ! Même quand on a besoin de se dégourdir les narines, on ne prend pas l'air pendant neuf heures ?

— Tu prenais l'air. Je prenais un bain en t'attendant. Mais, après toutes ces heures à flétrir dans l'eau des Caraïbes, j'ai commencé à cogiter.

— Oui ben, quand tu cogites...

C'était la troisième phrase qu'il lâchait, au croisement de la rue Vivienne et de la rue Saint-Marc.

— Quand je cogite quoi ?

Je sentais qu'une discussion pouvait s'engager.

Pour sa troisième prise de parole, mon copain a décidé de ne même plus former des phrases entières. Il a décidé de dire seulement le début, et démerde-toi pour trouver la fin.

Je sentais que ce n'était pas le moment de provoquer une dispute. Il ne me laisserait pas l'avantage ce matin. J'attaquai par un angle différent :

— Je ne me suis peut-être pas rendu compte que ma tête avait pris un coup de soleil avant de se prendre un coup de plafond mansardé ?

C'était une blague.

Un bide en bonne et due forme.

J'ai ri un peu de ma blague. Mon copain n'a même pas eu l'ombre d'un décrispement de la mâchoire inférieure, bien vissée à sa mâchoire supérieure. Il avait décidé qu'on avait un problème. J'aurais pu faire ce que je voulais, même danser la bigoudène dans cette rue du deuxième arrondissement de Paris, il n'aurait pas desserré cette foutue mâchoire.

L'armurerie se rapprochait. Je continuais. Je lui racontais ma soirée sans lui.

— Je replongeais la tête sous l'eau des Caraïbes. Les heures passaient. La porte de l'appartement ne s'ouvrait toujours pas. Tu ne rentrais pas. Ça faisait six heures que tu prenais l'air. Tu avais tellement besoin d'air ? L'air était difficile à trouver, mais quand même. Il ne fume pas. Il n'est pas parti acheter des cigarettes pour ne jamais revenir. Je me persuadais. Il est parti et c'est tout. Voilà ce que j'ai fini par me dire, moi ! Dans l'eau qui ne venait plus des Caraïbes à cette heure-ci. À cette heure-ci, les Caraïbes s'étaient envolées ! J'avais beau m'accrocher au cocotier, je glissais sous la nappe sale d'une eau dégoûtante. Mes pieds n'étaient plus flétris, ils entraient en putréfaction ! Voilà ce que j'ai fini par me dire dans l'eau sale de mon bain.

Après son congrès du génie des télécommunications. Après le choc de me voir sur le toit. Après s'être arraché les bras et les mains pour scier les barreaux de la cuisine, il a peut-être décidé que c'était terminé. Il en avait plein le citron. La tartine coincée en travers de la gorge. Plein les pattes. Il avait besoin d'aller renifler l'air frais là où il n'y aurait personne pour lui faire scier du métal.

Je comprenais. C'était injuste. Je n'avais pas fait exprès de monter sur le toit ! C'est toi qui m'avais fait peur en rentrant, et qui me refaisais peur en ne rentrant pas ! C'est toi qui avais fait tout le contraire de ce qu'on avait dit, et c'est moi qui en faisais les frais. Que faire ? Tu n'avais pas pris ton téléphone. Aucune idée ne m'est venue. Tu m'abandonnais.

J'étais dans ce bain. Je ne pouvais plus en sortir. Je restais là où tu m'avais laissée en partant. Comme si j'étais dans ce bain pour toujours. J'allais crever seule, engloutie sous la nappe. Ta balade m'appuyait sur la tête. Elle me tenait écrasée sur l'émail pour que je boive la tasse. Elle voulait me noyer ! Ta balade ! Je voulais m'énerver. Je voulais pleurer. Je voulais avoir une réaction. N'importe laquelle. N'importe quelle réaction pour ne pas boire la tasse de cette eau pourrie !

Je cherchais au fond de moi. N'y avait-il pas un début de n'importe quelle idée, réaction, réflexe ? Non. Rien. Rien du tout. L'eau sale et c'était tout.

Toutes ces nuits que je venais de passer seule. Toutes ces nuits enfilées les unes derrière les autres. Ça m'avait sûrement un peu épuisée.

Je regardais au travers de la fenêtre. Le soleil finissait de s'éteindre. L'eau devenait un marécage boueux. Tu ne revenais pas. S'il était allé chercher l'air si loin et qu'il s'était simplement perdu ? J'espérais malgré tout. Ne m'abandonne pas. J'avais croisé mes mains avant la première tasse. Je priais. Mais tu ne pouvais pas m'entendre. Tu étais trop loin.

Je ne retournerai plus sur le toit, c'est juré. Je vais trouver une solution, n'importe laquelle, mais ne pars pas.

Le silence de la nuit s'abattait sur le marécage. Deuxième tasse. Le calme du dehors ne faisait écho qu'au calme qui m'envahissait Mon pouls était proche du zéro. Ma respiration s'arrêtait alors que j'étais encore un peu vivante. J'étais vivante, mais personne ne le savait

Un calme qui annonçait la catastrophe. De quelle nature serait la secousse ?

La catastrophe prenait des forces. La catastrophe se ramassait. Elle concentrait son énergie. Elle allait être violente, la catastrophe. Je n'aurais pas la force de résister. Je voulais connaître la nature de cette catastrophe qui allait s'élever pour s'abattre ensuite.

Rien autour.

Isolée thermique. J'étais comme isolée contre la chaleur, le froid. Le contact de l'eau se faisait moins net. Une bulle de vide s'était mise autour, m'isolant entièrement. J'étais tout entière dans les 163 cm qui me constituent. Je me suis réfugiée, tapie au fond. J'étais derrière les tissus qui forment mon enveloppe. Mais l'eau entrait. Les tasses s'accumulaient. L'eau allait former une vague qui m'empêcherait de ressortir des 163 cm au fond desquels je m'étais enfuie.

La nuit était désormais à la fenêtre. La nuit venait me regarder. Le silence avait perdu sa mélodie. Le silence m'écoutait me noyer bientôt. Je ne n'y arrivais pas. Il était déjà trop tard. Je ne pourrais plus sortir ! Le marécage allait m'engloutir dans la nuit.

Le téléphone a sonné.

Le téléphone m'a lancé une corde. Je m'y suis accrochée. Je me suis hissée. La corde m'a sortie in extremis du marécage. In extremis de la noyade. J'ai parcouru les 163 cm à la vitesse de l'éclair pour te rejoindre.

Ce n'était pas toi. C'était Fred.

Fred a déclenché une réaction. J'ai pleuré.

— Je me suis cogné la tête en sortant de la baignoire.

Il a dit : « J'arrive. » Quand il est arrivé, je lui ai raconté que ton vase avait débordé.

Le vase aura débordé à cause de la goutte. Le toit, les deux barreaux à scier étaient la goutte dont j'aurais dû me méfier.

Marre de mes facéties. Il en aura eu marre de mon sabre. Il en aura eu assez de mes couteaux.

Tu aurais dû me dire que les barreaux étaient la goutte.

Hier, je suis allée sur le toit parce que tu ne devais pas rentrer.

Pourquoi es-tu rentré sans prévenir ?

Hier, j'ai accepté le cadeau de Fred parce que tu n'es pas rentré.

Pourquoi n'es-tu pas rentré alors que tu devais rentrer ?

Et voilà la pleine nuit qui s'est amenée. Il était trop tard. Les oiseaux arrêtent de chanter la nuit. Place au hululement du hibou. Je n'ai jamais senti le parfum d'une fleur la nuit. Les rayons de la lune ne m'ont jamais réchauffée.

C'est la nuit, ma goutte à moi.

Fred m'a fait un cadeau empoisonné. Il m'a fait un cadeau qui m'aurait conduite au désastre sans toi.

Le désastre a été évité. Laissons ça de côté et voyons plus tard ?

Fred a sorti le cadeau de son étui. Comme on sort un bijou.

C'en était un.

Plus petit que ma main. Argenté. Il brillait tant quand Fred l'a sorti de l'étui de velours bleu marine. Je n'en avais jamais vu de si beau. Je ne savais même pas que ça existait. Il y avait des strass. Une merveille. Fred m'a fait une démonstration. Je regardais, époustouflée. Trois petites dents d'or, en forme d'ogive, se glissaient dans des cavités, au diamètre parfaitement adapté.

Il a enfermé les petites dents d'or dans le ventre du bijou, qui avait alors toutes ses capacités. Un bijou investi d'un pouvoir : celui de me protéger.

— Tu le mets dans ta poche. Tu n'auras plus jamais peur, m'a dit Fred.

Cette phrase que j'ai toujours rêvé d'entendre ! Tu n'auras plus jamais peur.

Fred m'a tendu l'objet.

Un petit pistolet. Une arme de défense.

Sa beauté, les ondes ciselées, faisaient presque oublier la fonction du bijou.

L'argent, les strass et les dents d'or n'ont pas ému mon copain. Quand il est rentré à quatre heures du matin, il a demandé :

— Qu'est-ce que c'est que cette merde ?

J'étais interloquée. Sa réaction m'a paru étrange. Y avait-il de la jalousie à l'égard de cet objet qui saurait m'apaiser ?

Mon copain m'avait donné son point de vue.

Étais-je stupide ou bien folle ?

Ce à quoi je n'avais pas su répondre.

Je n'avais pas réussi à me décider.

Cet objet que je tenais là n'était pas un jouet !

Et c'est bien ce qui me faisait plaisir pourtant.

Cet objet que je tenais là était une arme.

Et c'est bien ce qui me rassurait.

Cet objet que je tenais là pouvait blesser.

Et c'est bien ce que je voulais : menacer ceux qui me terrorisaient.

Cet objet pouvait tuer.

C'est la réalité que je faisais semblant d'ignorer.

De nouveau, mon copain a fait allusion à la petite fille irréfléchie que j'avais été.

À la question : « Qu'est-ce que tu veux faire plus tard ? », je répondais : « Brigand. »

Je répondais « brigand », parce que j'imaginais que les brigands se connaissaient tous. Ils s'aimaient bien... Ils se respectaient sûrement... Au moins, ils se craignaient... Je préférais appartenir aux brigands plutôt qu'en être la proie.

Aujourd'hui, je sais qu'ils ne se connaissent pas tous. Je sais qu'ils se fichent les uns des autres. Et c'est pire.

Fred m'avait offert ce qui m'empêcherait d'oublier la peur.

Je n'avais pas pensé à tout.

Il y avait un piège. Le piège « me pendait désormais au nez », m'a dit mon copain.

L'agression. La trouille m'aveuglait. Les scénarios inventés par mon imagination malfaisante étaient si précis. Presque une réalité. Ce n'était qu'une question de jours. D'heures. Parfois de minutes.

À quoi n'avais-je pas pensé ?

À devenir moi-même l'agresseur. Je n'avais jamais pensé à transformer la peur en violence. J'en voulais à ceux qui avaient le pouvoir de torturer. Je ne pouvais pas être un tortionnaire à mon tour. Je n'avais plus l'âge pour les accès de fureur.

Malgré son aspect chic et raffiné, malgré sa robe argentée, sa petite taille, cet objet ferait couler le sang sans pitié.

Allais-je vraiment commettre l'irréparable avec cet objet de malheur ?

Cet objet si joli...

Étais-je perdue ? Étais-je aveuglée ?

Je devais mettre mon ardeur à arracher la peur de mon ventre. Mettre mon ardeur à arracher l'angoisse de cette tête si mal faite. Je faisais tout le contraire. Je ne m'apaisais pas. Je m'enfonçais avec ardeur dans ce trouble. Une escalade. Voilà ce qu'était le cadeau de Fred. Une escalade vers les sommets de cette violence redoutée.

Et moi, j'avais souri à la vue de cet objet.

— Pourquoi marcher une demi-heure pour aller dans un magasin qui ne vend précisément que des armes ? j'ai essayé de raisonner mon copain.

Si je pouvais avoir cinq minutes de clairvoyance. Si mon cerveau n'était pas entièrement bouffé. Je devais voir la réalité en face.

Je devais voir l'objet sans déguisement.

J'achèterais un fusil ou un pistolet et je verrais l'atroce objet sous sa véritable apparence.

Celui-ci était déguisé en robe du soir. On l'avait maquillé pour qu'il n'ait pas l'air de ressembler à ce qu'il était.

J'ai cherché une autre vérité. Une vérité plus glorieuse.

Je n'ai pas trouvé.

Il avait raison.

Je faisais semblant de ne pas savoir ce qu'était ce « bijou ».

Que ferais-je le jour où un homme s'écroulerait à mes pieds ? Victime de ma dent d'or, sa chute serait son dernier geste.

Que ferais-je ?

Tout devenait si trouble...

Qui était mon ennemi ? Comment était-il ? Quelle était sa nature ? Quel était son nom ?

L'attendais-je vraiment ? Étais-je fascinée ?

À entendre mon copain, je n'attendais que lui. Mon ennemi.

Non ! Je me suis défendue sous le coup des accusations.

Je ne l'attendais pas !

Je le redoutais !

Je ne voulais jamais le rencontrer !

Et si, toute ma vie, je tremblais pour rien ?

J'étais entrée en religion avec la trouille. Je ne pouvais pas me mettre dans la tête que tout n'était que le fruit de mon imagination.

Attendais-je vraiment ?

Et si personne ne venait ?

J'étais si perturbée.

La seule chose dont je n'ai pas peur et dont j'ai tort de ne pas avoir peur, c'est moi.

Mon copain m'a proposé de garder l'arme. C'était l'arme ou lui.

J'ai accepté. Je l'ai choisi, lui.

Il rendra lui-même son arme à ce con de Fred.

« Armes et Larmes » est le nom de l'armurerie. Je suis stupéfaite devant l'enseigne.

— Armes et Lames, rectifie mon copain.

La vitrine est impressionnante.

Des gilets multipoches. Des gilets de chasseurs. Ils glissent les balles dans les anses. Les chasseurs n'ont jamais à chercher de recharges.

Aucune perte de temps.

Nous poussons la porte de l'armurerie.

Des dizaines d'armes. Noires. Marron. De longs fusils cadenassés se trouvent derrière la tête du vendeur.

« A-t-on le droit de mettre tant de violence à l'étalage ? » je manque de demander.

Je baisse les yeux sur le comptoir vitré.

Des pistolets noirs. Des pistolets chromés. Des silencieux que j'ai vus des centaines de fois dans des films à la télévision.

Ils les achètent donc dans des magasins comme celui-ci.

Le vendeur est un homme souriant.

— Qu'est-ce qui leur faudrait ?

Je n'avais jamais pensé qu'un jour, il me « faudrait » quelque chose dans ce genre de magasin.

Je ne sais pas ce qu'il me « faut ».

Il me « faut » la paix.

Il me « faut » le calme. Je regarde toutes ces armes qui ne ressemblent pas au bijou offert par Fred.

Toutes ces armes qui ressemblent à ce qu'elles sont : des armes de mise à mort.

Mon copain et moi restons muets.

Devons-nous partir ? Je l'interroge du regard.

Sa réponse semble claire : je dois aller au bout de mon projet

Quelques minutes s'écoulent avant que nous ne prenions la parole. Le vendeur d' « armes et lames » attend de savoir ce que nous désirons comme marchandise.

Mon copain se déverrouille le premier.

— Nous voudrions mon remplaçant pour cette jeune femme.

Inutile de dire que le vendeur n'a rien compris.

Le vendeur nous observe, interloqué.

— Avez-vous un fusil de 1,87 m qui pèserait environ 78 kg ? Même sans cheveux.

Le vendeur hallucine moins que moi.

J'ai honte de ce que vient de sortir mon copain.

Je souris bêtement au vendeur pour essayer de lui faire croire à une plaisanterie.

Le vendeur n'apprécie pas cet l'humour, lui non plus.

Il décide d'oublier mon copain pour se concentrer sur moi.

Je me dandine quelques instants avant de prendre la parole.

— Je voudrais quelque chose pour me défendre, qui ne tue pas, mais qui fasse peur.

Le vendeur est circonspect. Il a devant lui un type pas drôle avec des blagues vaseuses et une idiote qui vient de déclarer qu'elle est bête en une phrase.

Qui est cette tarte qui veut faire peur avec quelque chose qui ne tue pas ?

— Ça dépend à qui vous voulez faire peur, il me répond.

La discussion s'engage mal.

À qui je veux faire peur ? Aux méchants, je veux faire peur. Aux ombres, aux toitophiles, aux esprits frappeurs que mon imagination crée sur le toit de mon appartement. Aux pires que les loups. Aux poissons. À la neige. À la nuit. Non. Je ne peux pas dire ça au vendeur.

— Je voudrais faire peur à quelqu'un qui voudrait m'agresser, je finis par dire

Le vendeur sourit. Là, il comprend.

— Vous voulez une défense sûre ?

Je hoche la tête.

— Il n'y a pas trente-six solutions. Les salopards, les désaxés qui agressent les nénettes n'ont peur de rien. Il n'y a que ce qui tue qu'ils comprennent.

Il dit ça en secouant la tête. Il est désolé d'être aussi franc, mais c'est la stricte vérité.

Je regarde mon copain. Mon copain ne se laisse pas déstabiliser.

— Sans entrer dans le règlement de compte et sans encourir la prison, qu'est-ce qu'il y a d'efficace pour une jeune femme qui a peur la nuit ? il demande sèchement au vendeur.

Le vendeur n'aime pas mon copain. Le ton de mon copain est suffisant.

Le vendeur secoue la tête plus rapidement. Il ne voit pas... Quelque chose d'efficace qui ne porte pas de menace de mort. Non. Il a beau chercher. Il ne voit pas. Mon copain a décidé. Il n'ajoutera pas un mot. Sa question lui paraît compréhensible. Il attend une réponse. Combien de temps cette réponse va-t-elle prendre ? Mon copain s'en fout. Il a tout son temps. Il veut savoir ce qui sera efficace pour que ce con de Fred ne remette plus jamais ses pieds haïs dans notre appartement.

J'attends que l'un des deux se décide.

C'est le vendeur qui perd. C'est le vendeur qui craque le premier. Il dit, un peu las :

— Y a les matraques électriques...

Le vendeur fait un mouvement de tête en direction d'objets noirs dans la vitrine. D'un coup de menton, il nous indique que c'est par là-bas que ça se passe si on veut voir. Lui ne se déplacera pas pour quelque chose d'aussi anodin.

Mon copain ne bouge toujours pas. Il ne dit toujours rien. Il joue au roi du silence. Il n'aime pas qu'on le prenne pour un con. Il a été pris pour un con hier, ça ne recommencera pas ce matin. Il attend de plus amples informations sur les matraques électriques.

— C'est une arme télescopique qui envoie du courant. Voltage assez fort. Pas facile à manier. Si l'agresseur porte un gros blouson, la matraque perd de son efficacité.

— Non.

— Une bombe lacrymogène...

— Non.

Là, c'est moi qui ai parlé.

J'ai entendu dire que la plupart du temps les agresseurs retournent la bombe contre la victime. Ils vident la bombe dans l'œsophage de la pauvre personne qui respire très mal ensuite.

Il y a des couteaux à cran d'arrêt. Non. Il faut être trop près de l'agresseur. Je préférerais quelque chose qui le tienne à distance.

— Achetez-vous un chien, nous dit le vendeur qui ne sait plus quoi nous proposer.

Je ne parle pas de mon chien au vendeur. C'est moi qui ai éduqué ce chien. Il a peur des escargots.

Le vendeur n'en peut plus avec nous deux. Nous refusons de sortir avec une arme à solution « définitive. » Il ose pourtant une dernière tentative.

— Vous êtes sûre que vous ne voulez pas d'un petit pistolet de défense ?

Le « non » de mon copain tombe comme un couperet. Le vendeur abdique. C'est sans appel.

Une énumération infinie s'ensuit alors. Pistolet à plomb. Fusil au gros sel – on peut saler l'agresseur. Pistolet avec des balles en caoutchouc.

— Ça fait mal, mais, si le type en face a un vrai flingue, il risque de tirer, s'il ne voit pas que le vôtre est toc.

Je manque de dire : ça, c'est pas grave, pourvu que je ne souffre pas. Je ne dis rien. Je ne veux pas énerver encore plus mon copain.

Pas de pistolet à balles en caoutchouc.

La solution n'est pas facile à trouver. Tuer ou être tuée... Que faire ? Je veux me débarrasser de l'ennemi. Je ne veux supprimer personne.

Nous sommes sur le point de partir quand le vendeur a une idée de dernière minute. Je lui en voudrai toute ma vie.

— Un sifflet ?

J'ai dû mal comprendre.

— Pardon ? je demande.

— Un sifflet ? répète cette enflure.

Le vendeur explique que le sifflement strident surprend toujours l'adversaire, que ça laisse quelques secondes de répit à la victime pour s'échapper.

Ça paraît tout bête, mais plus d'une histoire lui a été rapportée dans ce sens De nombreuses femmes ont adopté cette méthode.

Les mâchoires de mon copain se desserrent. Mon copain sourit. Un sifflet. C'est ça qu'il me faut.

Douze euros pour le sifflet. Un très joli sifflet. Le vendeur met le sifflet dans une boîte en carton. Nous rentrons à la maison avec mon arme de défense. L'objet destiné à me rendre la sérénité. Mon protecteur tient dans une boîte en carton. Un sifflet.

Le chemin du retour me laisse le temps de la réflexion.

Ridicule. Mon problème ridicule engendre une solution ridicule. Tel est mon sentiment. J'espérais trouver le calme. Je rêvais de la solution miracle. La solution qui me permettrait de ne même pas rencontrer mon ennemi.

J'ai un sifflet

Mon copain marche d'un pas guilleret, maintenant. Pire : il fait beau. Un temps radieux. Pas un nuage. Le temps aussi a décidé de me nettoyer. Je serai conne au grand jour, en plein soleil. Le temps n'a pas eu la délicatesse de se parer de gris. Pas de couverture pour masquer ma médiocre condition. Pas de pluie pour laver cette image de la connerie innée. Un soleil éclatant, de ceux qui vous exposent, qui révèlent le moindre détail, le moindre défaut.

Mon copain est content de cette issue. Un poids lui est ôté, tandis que le mien s'est alourdi. La connerie me colle à la peau plus que jamais. La connerie est désormais tatouée sur mon front.

— Qu'est-ce que tu as pris comme arme de défense ?

— Un sifflet.

La honte.

Mon copain se cherchait un remplaçant. Il n'acceptait pas d'être remplacé par le cadeau de Fred. Il a trouvé son remplaçant avec l'objet qui se trouve dans la boîte en carton : un sifflet.

Voilà ce que je mérite.

Je ne sortirai jamais le sifflet de sa boîte.

Je pose à peine le pied sur le carrelage de la cuisine que mon chien m'emboîte le pas. À sa gueule de futur martyrisé, à sa queue coincée entre ses pattes, à sa façon de rester immobile, le regard fixé sur moi, je devine qu'une bêtise a été faite cette nuit.

Un rapide tour d'horizon.

Tout est en place.

Je fixe mon chien. Il ne bouge pas d'un iota. Il a sa tête typique des jours de grosse bêtise. Je le sonde du regard. Ça a l'air grave. Qu'a-t-il bien pu faire ?

J'avance dans la pièce. Comme l'inspecteur après un délit, je me balade dans la cuisine. À la recherche d'indices. Ma cuisine est propre... Tout ce qu'il y a de plus propre... Rien n'a été cassé... Quelle bêtise a été commise ? Sur quoi ? Et comment ?

Je finirai bien par m'en apercevoir.

Je n'ai plus de filtre à café. Tant pis. Pas de café ce matin. Je n'ai plus de vitamine C. J'ai mis le tube dans ma valise rouge. Tant pis. Le camembert trône sur le plan de travail. Oh là ! Ça ne va pas du tout aujourd'hui, je me dis, quand je vois le fromage coulant. Moi qui dévorerais un camembert à n'importe quelle heure du jour ou de la nuit, je ne peux pas le toucher tant il m'écœure. J'ai une gastro ou une intoxication alimentaire. Je m'autodiagnostique. Je tombe malade à la veille du tournage ?

Il faut pourtant que j'avale quelque chose. Je ne peux pas aller à la gare, faire trois heures et demie de train, arriver à Aix-les-Bains pour les derniers essayages de costumes, le ventre vide ? Je vais m'écrouler avant.

Je vais avaler un bout de pain et ce sera très bien.

Ça y est ! Je découvre la connerie faite par mon chien ! Je découvre ce qu'a fait l'immonde clébard ! Ce sale cabot m'a bouffé mon pain !

Résumé de la situation. Je suis épuisée alors que je me lève. Je dois partir alors que mon copain vient juste de rentrer. Je viens de vivre une semaine atroce. J'ai passé mes nuits à ne pas dormir, mes jours à somnoler. Mon chien est plus peureux que moi. J'ai un sifflet à la place d'une arme. Je n'ai pas de vitamine. Je ne peux pas faire de café. J'ai mal au ventre. Je me sens faible. En plus, je n'ai pas de pain !

Je tourne un visage dur vers mon chien.

Tant que je n'avais rien vu, mon chien se tenait penaud dans la cuisine. Le voilà qui change d'attitude ! Le voilà qui me regarde innocemment, comme s'il n'avait rien fait de mal. Ce chien me prend pour une bille.

— Oh, ce n'est pas la peine de prendre cet air de chien battu ! je lui hurle à la truffe. C'est justement ce qu'il te manque. Un bon coup de savate dans le postérieur !

Ce clébard a vraiment de la chance. Je suis pieds nus. Je ne mets jamais de pantoufles.

— Ce maudit chien a été inventé pour me pourrir la vie, je grommelle.

Je tourne désespérément dans la pièce. Que pourrais-je bien avaler ?

Rien.

J'ouvre les placards. Du riz basmati. Du cassoulet. Des spaghettis à profusion. Rien pour un petit déjeuner. Pas une biscotte. Pas un biscuit. Pas de pain ! Pas de pain ! Pas de pain !

Du pain, il devrait y en avoir ! J'ai pris la peine d'en acheter, du pain ! J'ai acheté du pain pour mon petit déjeuner ! Pas pour celui de mon chien !

Qui a dit que le chien est le meilleur ami de l'homme ?

Me voilà à bout de nerfs au saut du lit.

— À cause de toi, tout va mal ! Tes croquettes pèsent des tonnes. Tu n'as pas le droit de chier en ville. Je suis obligée de ramasser ta merde à longueur d'année. Je fais le tour du quartier trois fois par jour pour que tu puisses pisser sur tout ce que tu trouves ! Tu ne peux pas rester seul plus de trente minutes. Je suis obligée de te traîner partout. Tu ne sais pas marcher aux pieds. Tu m'arraches le bras dès que nous franchissons la porte de l'appartement. Je suis couverte de honte dès que tu te cales sous une table de restaurant parce que tu pètes tout le temps. Ton médecin coûte le double du mien. Tu ne gardes pas la maison. C'est moi qui suis obligée de te rassurer ! À cause de toi, je me suis presque fait larguer hier ! Maintenant tu me voles mon pain ? Tu mériterais que je te bouffe tes croquettes ! Tu es mon pire ennemi ! Va-t'en ! Va-t'en ! je lui beugle à la face.

Mon chien ne bronche toujours pas. Il me regarde avec un œil de sardine grillée. Il refuse de s'en aller. Mieux, il s'assoit sur le carrelage. Il prend possession de ma cuisine.

« Si l'un des deux doit partir, c'est toi », il semble me dire.

— Dégage ! je lui hurle.

Je ne veux pas le voir une seconde de plus dans la pièce.

— Pourquoi tu hurles comme ça ? À qui tu parles ? me demande mon copain qui arrive, les cheveux en bataille.

— Au chien, je parle ! Il n'y a plus de pain, Tiago l'a entièrement bouffé.

Je lui annonce la bonne nouvelle. J'espère que mon copain va engueuler le chien. J'espère que mon copain va me rendre la priorité sur la cuisine. Mon copain s'en fiche.

— Tu te rends compte ? Il est monté sur la chaise pour attraper le pain !

J'insiste.

— Oui, ben, qu'est-ce que tu veux... C'est un chien.

Mon copain n'engueule jamais personne. À part moi. Mon copain trouve un sens à tout et à tous. Excepté avec moi. Je ne peux jamais dire de mal de personne à mon copain qui trouve toujours des excuses à tout le monde. Sauf à moi.

Mon chien vient glisser sa tête sur les genoux de mon copain. Quel spectacle écœurant ! Après avoir bien mangé, mon chien se fait consoler par mon copain. Mon chien s'est approprié la cuisine. Il est en train de s'approprier mon copain !

Mon copain se retourne. Il attrape une boîte de carton sur l'étagère la plus haute. Des corn flakes. Il va manger des pétales de maïs soufflés, séchés, sucrés. Il mettra la nourriture fanée dans un bol. Un peu de lait. Ça fera une sorte de pâte qui lui colmatera l'estomac. Il n'a vraiment pas besoin de pain. Il n'y a que mon chien qui en ait besoin ! Quelle bouffe écœurante...

— T'en veux ? il me demande.

— Non. Ça va, merci. Je vais prendre ma douche.

— OK.

Il y a des jours où j'en ai vraiment marre...

L'eau coule sur mon visage. Je me remets lentement de cette trahison. Une trêve pour mon estomac. L'onctuosité du shampooing me soulage. Pendant que mon chien se fait caresser la tête par mon copain, je caresse la mienne avec le shampooing.

Il est 10 h 45. Mon train part pour Aix-les-Bains à midi de la gare de Lyon.

Mon copain a décidé de manger tout le carton de corn flakes. Il n'a toujours pas fini. Ça fait une demi-heure que je suis dans la salle de bains. Ça fait une demi-heure qu'il mange du maïs mou.

Je regarde plusieurs fois l'horloge dans la cuisine. Je m'agite de plus en plus dans l'appartement. Je veux faire comprendre à mon copain que, bientôt, il faudra arrêter de manger. Bientôt, il faudra arrêter de caresser la tête du chien. Bientôt, il faudra s'activer.

— Est-ce que je n'ai rien oublié ? je dis pour lui rappeler que le départ est imminent.

— Non. Avec la valise que tu as remplie, tu dois avoir emporté le nécessaire.

Il avale une nouvelle cuillerée de corn flakes.

Je ne réponds rien parce qu'il a raison. Je dois avoir le nécessaire dans ma valise. Je me demande ce qu'il mastique si longuement. La nourriture est une bouillie qu'on pourrait presque boire. Le maïs nage à la surface du lait devenu gris.

— Il faut te dépêcher, je lui dis.

Mon copain remet des corn flakes dans son bol !

— On va être en retard !

Je m'impatiente.

Il a fallu que je répète que je n'aime pas courir. Il a fallu que je dise plusieurs fois qu'il fallait y aller pour qu'on y aille enfin !

On y est allés trop tard !

Je cours dans la gare de Lyon. Si mes poumons me le permettaient, je courrais en hurlant que mon copain est un enfoiré ! Le train pour Aix-les-Bains part dans quatre minutes. Le fauteuil qui m'est réservé se trouve dans le wagon à Tataouine. Le wagon dans lequel se trouve mon fauteuil m'attend à l'autre bout du quai.

Mon copain ne m'a pas accompagnée. La fourrière a pris notre voiture.

— Comment je vais faire ?

J'ai paniqué. J'en voulais à mon copain. Les taxis refusent mon chien. Je ne peux pas prendre le métro avec mon chien. On a le droit de transporter son chien seulement dans un sac. Mon chien pèse trente-sept kilos.

— C'est le pompon ! Pourquoi t'as mal garé la voiture ?, je lui ai reproché.

— Parce qu'il n'y avait pas de place.

— Maintenant elle est à la fourrière !

Qu'est-ce que j'allais faire ? Je lui demandais de trouver une solution. Mon copain avait entendu parler de « Taxi-chien ». Mon copain a un don : celui de détenir la solution, mais de ne la fournir qu'à la dernière minute.

Une voiture est arrivée. Le chauffeur du taxi-chien a souri en voyant Tiago. Il l'a complimenté sur son poil. J'avais envie de lui offrir mon chien. Une peau de vache emballée dans du velours.

J'ai jeté un regard noir à mon copain avant de monter dans le taxi. Je lui ai dit au revoir, des reproches plein la voix, des insultes plein les yeux. Il m'a dit quelque chose de gentil au moment où je refermais la portière.

Il m'a dit « merde ».

Ça m'a fait plaisir.

Il ne me reste que quatre minutes.

J'arrive hors d'haleine au wagon n° 13. Tiago est tout excité. Quelques passagers regardent mon chien avec tendresse. Ils aiment les chiens. D'autres le regardent l'œil noir. Ils détestent les poils, les crocs et les langues qui pendent. Ils se demandent pourquoi les bêtes ne sont pas interdites dans les trains. À mon avis, ils n'y ont pas encore pensé dans les trains. Ils ont pensé à faire payer un billet de seconde classe aux animaux. Ils n'ont pas encore pensé à l'interdiction la plus totale.

Nous avons une réservation pour un siège isolé, mon chien et moi. Tiago peut se coucher sous mes pieds. De toute façon, je pense que je vais voyager dans l'entre-wagons. Il va encore péter. Plus l'endroit est confiné, plus grand est son bonheur. Dès que ce chien mange autre chose que ses croquettes, c'est l'horreur.

Cette nuit, il a mangé toute la baguette.

Les passagers du wagon vont être indisposés par l'odeur pestilentielle que dégagera mon animal.

Josi, une actrice qui tournera dans le film avec moi, est déjà installée dans la voiture. Nous nous saluons timidement. Josi est souriante. Je suis rassurée en la voyant. Je me calme un peu. L'angoisse d'avant-tournage s'atténue souvent lorsque les autres acteurs arrivent.

Josi m'invite à m'installer avec elle. Elle est assise à un « club quatre » : quatre fauteuils disposés face à face autour d'une table. Au beau milieu du wagon.

— J'aimerais bien. Mais j'ai mon chien.

Je lui explique que je pense voyager dans l'entre-wagons. Je suis un peu mal à l'aise d'avoir à nous présenter sous cet angle, Tiago et moi, mais j'ai peur, si je reste, qu'elle s'aperçoive toute seule de l'étendue du désastre.

Josi est une actrice que j'admire depuis longtemps. Je ne l'ai rencontrée qu'à l'occasion des répétitions.

L'actrice n'a pas fait d'ombre à la femme, je remarque rapidement.

Josi rit.

— Ton chien pue ?

Ça l'amuse.

Josi a un don pour dédramatiser n'importe quelle situation. Je m'en rendrai compte par la suite.

— En tout cas, il est très beau, elle dit.

Josi me fait signe. Je peux m'asseoir.

Il est midi.

Dans les haut-parleurs, la voix du contrôleur résonne : le contrôleur nous explique que nous avons pris place à bord du TGV qui nous emmène bien là où nous avons décidé d'aller. Il nous dit que, si nous avons oublié de composter nos billets, nous devons aller le voir. Il nous souhaite un bon voyage.

« La Compagnie des wagons-lits et son personnel de bord » prend la relève. « La Compagnie des wagons-lits et son personnel de bord » nous informe que nous avons la possibilité de nous rendre au bar non-fumeurs, de manger des sandwichs décongelés, des salades sous plastique, de boire un café lyophilisé, et d'acheter des magazines pourris. Nous avons la possibilité de payer par Carte bleue à partir de cinq euros.

Josi attrape son sac. Elle sort des sandwichs qu'elle pose sur la table.

— J'ai préparé des sandwichs. Les sandwichs en triangle, je n'aime pas ça, elle dit en sortant des papiers d'aluminium de grande taille.

La bonne humeur de Josi est communicative. Je sens que mes nerfs se détendent. Josi déballe les sandwichs énormes qu'elle a préparés ce matin, avant de partir pour la gare. Il y en a six. Josi ne s'est tout de même pas préparé six sandwichs pour elle toute seule ? Je tire sur la laisse de Tiago qui passerait volontiers par-dessus la table pour dévorer la nourriture.

— Mon mari est un Américain morfale, se justifie Josi, comme si elle avait entendu ce que j'avais pensé.

Je fais aussitôt descendre mon chien du fauteuil quand je comprends qu'une autre personne va nous rejoindre.

Un sandwich à la viande. Un sandwich au pastrami. Un sandwich américain avec des frites. Un sandwich... Mon estomac vide est affolé par tous ces sandwichs qui ne lui sont pas destinés.

Je vais foncer à la voiture-bar. J'avalerais n'importe quel sandwich triangulaire décongelé. Cet appétit démesuré me rassure quant à une éventuelle maladie.

L'odeur des sandwichs torture littéralement mon estomac qui commence à faire du bruit. Le voilà qui réclame un sandwich à Josi ! Le voilà qui fait la mendicité ! Je vais aller rapidement acheter quelque chose pour mon estomac malpoli. Le pauvre, depuis hier soir, il n'a rien vu venir. Il n'a rien eu. Merci qui ? Merci mon chien. Avec les années, la phrase connue de tous se fait plus claire. Je comprends aujourd'hui qu'après merci, quand c'est bien, il faut dire « maman ». Quand ce n'est pas bien, il faut dire « mon chien ». Cette phrase me paraît maintenant absolument justifiée.

Josi me propose un de ses sandwichs. Mon estomac lui a un peu forcé la main. Mon estomac geint plus fort. Il donne presque la réponse à ma place. J'accepte le sandwich. Je fais ce que je peux pour manger le sandwich de façon civilisée. Une bouchée après l'autre...

Nous discutons la bouche pleine. C'est si bon.

Une dame qui voyage dans le même wagon que nous s'est déplacée. Elle vient dire son admiration à Josi. Elle commence par la pire des phrases :

— Je « me permets » de vous embêter une seconde.

Cette formule devrait être interdite ! Dès que quelqu'un commence par : « Je me permets de... Je me suis permis de... », on peut être sûr que la suite va être parfaitement déplaisante. Cette fausse précaution a été inventée pour que celui qu'on importune soit obligé d'accepter sans broncher, sous peine de passer pour un salaud.

« Je me permets de vous embêter. » Qu'est-ce que c'est que ça ?

« Je me suis permis de donner ton numéro de téléphone à ma copine. Ça ne te gêne pas ? »

Que répondre à ça ?

Pourquoi n'a-t-il pas demandé avant ? Celui qui se « permet » n'a pas demandé avant parce qu'il connaissait la réponse. Celui qui se « permet » s'est permis parce qu'il savait que la réponse était non. On a donc inventé cette formule pour ne pas avoir à essuyer un refus. On a inventé cette formule pour mettre les gens au pied du mur. Devant le fait accompli. Mieux, ça passe pour une politesse. « Je me permets de te faire attendre quelques minutes. » « Je me permets de vous emmerder. » Je n'ai jamais entendu dire : « Je me permets de vous laisser tranquille. »

La dame, qui se « permet » d'embêter Josi une seconde, se le permet parce qu'elle a une raison : elle est fan de Josi. Elle s'identifie à Josi. Elle donne la raison de son autopermission.

Pire, elle ajoute :

— Je ne fais jamais ça d'habitude.

Cette réplique nous annonce que c'est exceptionnel, et qu'elle va prendre son temps pour savourer ce moment rare.

Elle ne demandera jamais à Josi : « Est-ce que je vous dérange ? Vous avez du sandwich plein la bouche. Peut-être préférez-vous le terminer tranquillement ? Je reviendrai plus tard ? »

Non.

Josi mastique du mieux qu'elle peut pour finir les morceaux de pain qui lui obstruent le gosier.

Celle qui s'est permis d'embêter une seconde est restée une vingtaine de minutes plantée devant Josi. Elle lui a dit combien elle lui ressemblait. À cet instant, Josi ne s'est plus embarrassée de politesses. Quand elle a compris que la dame s'éterniserait, Josi a recommencé à mastiquer son sandwich n'importe comment.

La voyageuse a demandé un autographe. La voyageuse n'a pas prétendu que c'était pour une amie ou pour son fils. La voyageuse assumait. La voyageuse s'est permis de raconter toute sa vie. La voyageuse s'est permis de faire une interview de Josi. La voyageuse a écouté ses réponses pleines de nourriture sans se formaliser.

Josi lui a signé son papier. Josi a répondu très aimablement à la voyageuse. Sans cesser de manger.

J'ai signé aussi. La dame connaissait ma « tête ». Est-ce que ce n'était pas moi qui avais gagné un césar ? Oui, c'est moi qui ai gagné.

Le reste de l'équipe du film arrive. D'autres acteurs viennent nous saluer. Nous nous présentons. Nous ne sommes pas tous assis dans le même wagon. Rendez-vous à la voiture-bar. Nous allons prendre un café ensemble.

Le bar suit une longue fenêtre qui fait défiler le paysage à 200 kilomètres heure. Mon poids sur l'estomac n'est pas tout à fait parti. Je me concentre sur les conversations. Ce n'est pas la faim qui torture mon estomac. Le sandwich que m'a donné Josi a comblé le vide.

— Tu connais un peu la Savoie ? me demande Olivier.

— Samedi soir, on pourrait aller dîner à Lyon ? suggère Marc.

Un homme brun, au visage ténébreux, se tient derrière le groupe que nous formons. Il se place en arrière-plan, entre la tête d'Olivier et celle de Marc. Quand je parle aux deux garçons, j'ai le visage du ténébreux en ligne de mire. Il m'observe, on dirait.

— Tu vas nous indiquer les petits restos sympas, les cafés cool, Sylvie. Tu es lyonnaise, n'est-ce pas ?

J'ai à peine écouté la question posée par Marc. Le ténébreux ne bouge pas d'un millimètre. Ça me gêne. Je me sens observée.

— Il doit y avoir plein de bons petits restos, non ?

— Hein ? Heu... Oui...

Je reviens à la discussion. Les cafés cool ? Les restos sympas ? Je ne les connais pas. Ça fait plus de dix ans que je n'habite plus Lyon. J'ai déménagé pour Paris après le bac. J'avais dix-huit ans. Ce n'est qu'après le bac que j'ai commencé à m'intéresser aux petits cafés cool, aux restos sympas. Avant, j'allais à l'école tous les matins à huit heures. Je croulais sous les devoirs et les interros. Non, je ne peux pas les renseigner. C'est triste à dire, mais je ne peux pas les renseigner.

— Je demanderai à une de mes sœurs restée à Lyon, qui, depuis plus de dix ans, s'intéresse aux cafés, aux restos et à tout ce qu'il y a de sympa. Ma sœur aînée habite le vieux Lyon. Il faut passer l'un des deux fleuves. Il faut passer la Saône. Le vieux Lyon est un des quartiers les plus charmants de la ville.

Le ténébreux vient de bouger ! Il a croisé ses bras. Il garde le regard fixé sur moi. Qu'est-ce qu'il a ? Il écoute la conversation avec Olivier et Marc. Je le connais ? Je jette un coup d'œil dans sa direction. Non. Sa tête ne me dit rien.

Je reprends le fil de mon explication lyonnaise.

— Il y a sûrement là-bas un resto ou un café sympa pour un samedi soir, je dis.

Olivier est intéressé.

— Le vieux Lyon ?

Le mot « vieux » l'intrigue. Dans « vieux », il voit comme une promesse de pittoresque. De typique. Des restaurants dans lesquels il pourra dîner en face de Guignol.

— C'est où ça, le vieux Lyon ?

Il me tend son guide, ouvert sur une carte de la ville. Je pointe mon doigt sur le plan. Quand je relève les yeux, le ténébreux a disparu. Il est flippant, ce mec.

Bref...

Le vieux Lyon se trouve derrière la Saône après la presqu'île. La presqu'île, c'est le centre de Lyon. La presqu'île, c'est presque une île. La presqu'île est un morceau de Lyon entre deux fleuves : le Rhône et la Saône.

En 1986, le pape devait venir à Lyon. On avait tous peur que le pape arrive. Il y avait une rumeur. Nostradamus avait prédit : « Quand le représentant de Dieu se rendra entre les deux fleuves, la fin du monde sera proche. » Entre les deux fleuves : c'est Lyon ! Personne n'avait envie que ce soit la fin du monde. Tout le monde avait envie que le pape vienne.

Ouf.

Le pape est venu à Lyon, mais dans une partie de la ville qui n'est pas entre les deux fleuves : il n'a pas tenté le diable. Le pape est venu à la Croix-Rousse. Il est venu dans l'amphithéâtre des Trois-Gaules : un théâtre gallo-romain complètement foutu.

Avec l'école, on le visitait presque tous les ans. En regardant bien, on voit un peu les marches qui servaient de sièges. Des sièges en pierre. Il n'y avait pas de scène pour les acteurs. Il y avait un rond en bas des marches. C'est là qu'avait lieu le spectacle.

Un des maîtres d'école nous avait expliqué qu'il ne devait pas y avoir tellement de spectacles pour les enfants à l'époque. Ce n'étaient pas des acteurs qui faisaient les spectacles dans ce théâtre sans toit. C'étaient des martyrs.

Il y a une plaque dans l'amphithéâtre des Trois-Gaules. Sur la plaque, c'est marqué que sainte Blandine y est morte. Le meilleur spectacle de ce théâtre a été de martyriser Blandine qui est devenue sainte après en 177.

— C'est bizarre que le pape aime les spectacles comme ça, je m'étais étonnée.

On avait choisi une petite fille lyonnaise pour faire la bise au pape. Maintenant on ne martyrisait plus les gens. On les choisissait pour faire la bise.

Le ténébreux est de retour ! Il reprend exactement la même place. Exactement la même position. Il recroise ses bras ! Il recommence à m'observer. Il plisse les yeux comme font les myopes. Son regard est insistant. Ça devient très gênant à la fin ! S'il voit mal, qu'il mette une paire de lunettes ! On ne fixe pas les gens avec autant d'insistance !

Je décide de ne plus l'ignorer. Je le regarde ouvertement. Je lui montre qu'il peut arrêter, je l'ai vu. Mon message a raté. L'homme continue de me regarder. Il se déplace ! Il se déplace dans ma direction. Il fend notre groupe. Il fiche la trouille. Il vient direct sur moi. Il me dit quelque chose que je n'entends pas tant sa voix est faible. Il me tend la main pour que je la lui serre. Par ce geste, je comprends que sa bouche a dû articuler le mot bonjour.

— Je m'appelle P...

J'ai un problème d'oreille ou bien ce garçon parle sans le volume ?

— Comment ? je demande.

Le ténébreux est vraiment très ténébreux et très mystérieux. Il me répète la phrase. Toujours pas de son.

— Je suis désolée. Je n'entends rien. À cause du bruit du train, je suis obligée de dire pour qu'il accepte de porter un peu la voix.

Ça l'ennuie, je le vois au soupir qui précède sa réponse. Je comprends que son mystère et ses ténèbres vont en prendre un coup s'il devient accessible. En même temps, si je n'entends rien, la discussion risque de tourner court. Je finis par entendre qu'il s'appelle Paolo.

Paolo est un acteur qui tournera cinq jours avec nous. Je suis un peu rassurée. Ce n'est pas un malade mental. C'est un futur partenaire de jeu.

Paolo se tient à quelques centimètres de mon oreille, dans laquelle il murmure quasiment. Ça m'agace, cette intimité imposée, due au manque d'effort fourni par le ténébreux.

Les autres se sont éloignés. Ils discutent entre eux. Ils parlent à un niveau sonore qui convient parfaitement à mes tympans. Ils rient. Les présentations ont l'air de se faire dans la bonne humeur. Moi, je suis coincée avec le mystérieux.

— Tu es lyonnaise ? N'est-ce pas ?... à Lyon, il me susurre.

Je lui fais répéter.

Il susurre plus fort.

Je crois avoir entendu qu'il vient de s'installer à Lyon. Je comprends pourquoi il s'est dirigé immédiatement vers moi. Il a senti l'odeur de la quenelle et du saucisson chaud.

Je me souviens subitement que Lyon est une ville. D'autres personnes que ma famille habitent Lyon. Il suffit que je rencontre un Lyonnais pour avoir l'impression de n'être pas lyonnaise. Un Lyonnais me rend si parisienne. Je connais finalement si peu la ville de mon enfance.

— Voilà quelqu'un qui doit connaître des cafés cool. Des restos sympas, je dis à Olivier pour qu'il revienne.

Olivier n'est pas intéressé par le ténébreux.

Moi non plus ! J'aimerais bien qu'il le sache !

Paolo habite le cinquième arrondissement, j'ai compris ça après plusieurs essais.

Dieu que c'est fatigant ! Il ne peut pas parler plus fort ?

— Tu aimes cette ville ?

Je n'arrive pas à me débarrasser de cet homme vibrant.

— C'est difficile de se faire des amis dans cette ville, il me dit.

Il s'y est installé voilà bientôt un an. Il n'a pas rencontré d'ami.

« Ben oui... C'est triste... Mais en même temps tu es un peu agaçant », j'ai envie de lui dire.

— Tu es lyonnaise ?

Il me pose la question une nouvelle fois. Il a l'air d'avoir un doute. Il porte un intérêt déplacé à notre discussion.

— Oui... enfin... j'y ai grandi. Je suis parisienne depuis plus de dix ans, je dis, comme pour excuser cette odeur de tour Eiffel et de Grands Boulevards qui sont désormais mon environnement.

Je fais un pas pour rejoindre le groupe près du bar. Paolo n'est pas le genre d'homme qui lâche une discussion intense aussi facilement.

— ... le cinquième.

Je n'ai rien entendu. Je ne lui demande pas de répéter. Je crois comprendre qu'il redit qu'il habite le cinquième arrondissement. Je parle à sa place. Je parle suffisamment fort pour pouvoir m'éloigner un peu de lui. Je refuse cette intimité qu'il m'impose.

J'ai du mal à me rendre compte que Lyon n'est pas composé que de la Croix-Rousse et du vieux Lyon. La Croix-Rousse n'est qu'un petit quartier de la ville. La Croix-Rousse et son « gros caillou ». Les pentes de la Croix-Rousse. Lyon est une grande ville. Neuf arrondissements.

— Tu habitais où ? il me demande.

— La Croix-Rousse, je réponds.

Je fais un second pas en direction du groupe.

— Ah... La Croix-Rousse... J'aurais adoré habiter là-bas. C'est trop cher.

J'entends à peine.

Il se déplace maintenant en même temps que moi. Le train bouge. Le ténébreux m'effleure à plusieurs reprises. Ce garçon m'irrite. Ce n'est décidément pas facile de lui échapper !

Je ne laisse plus à Paolo le temps de reprendre la parole. Il m'énerve trop quand il parle. De toute façon, je n'entends rien ou si peu. Je décide de retourner à ma place.

Je rencontrerai les autres plus tard.

La discussion lyonnaise s'arrête là.

— Je suis désolée. Je ne peux pas développer, je finis par dire à Paolo.

Je laisse le ténébreux en plan.

Je rejoins ma place.

Je regarde dehors. Le paysage défile.

La Croix-Rousse est devenue un quartier chic. Je m'en étais à peine rendu compte au fil de mes séjours trop courts.

La Croix-Rousse et son collège Morel. Le collège Morel et sa très mauvaise réputation. Le collège Morel s'était vu décerner le titre de ZEP. Zone d'enseignement prioritaire. Le collège s'appelait collège Morel, du même nom que la place sur laquelle il se trouvait. Le collège Morel, place Morel.

Ma tante, la plus jeune sœur de ma mère, a été scolarisée au collège Morel. Mes deux sœurs et moi y sommes entrées en classe de sixième.

Au collège Morel, quand ils faisaient l'appel, les professeurs écorchaient parfois les noms. Carlos Sanchez, Maria sol Garcia, Zerbib Mhenana, Saïd Sidouhm, Zohair Benkallil, Marcel Checroune, Sylvie Testude, Bruno Santini, Aurélie Vericelle... La Croix-Rousse était un quartier populaire.

La cour du collège Morel ressemblait aux rues des pentes de la Croix-Rousse. Toutes les couleurs de l'immigration. Toutes les religions, sans qu'on sache très bien ce que ça voulait dire.

À part ma mère, celle de Lucie, et de rares exceptions, les mères avaient des accents quand elles parlaient français.

Les phrases le plus souvent prononcées après un contrôle de français étaient : « Tu parles en quelle langue à la maison ? » ou « Il faut dire à tes parents de te parler en français ». On rigolait dans la cour à cause de cette phrase. On rigolait parce qu'on imaginait les mères essayant de parler en français. Pour certains élèves, il valait mieux oublier cette idée. Si les mères des élèves du collège Morel avaient dû apprendre le français à leurs enfants, beaucoup n'auraient pas passé la barre de la sixième.

« La Croix-Rousse est devenue trop chère. » Plus personne ne traîne sur la place Morel. Ils ont rebaptisé le collège. Le collège Morel s'appelle maintenant : collège François-Truffaut.

— Tu le connaissais ? me demande Josi quand elle revient à notre « club quatre ».

— Non.

— C'est bizarre, il dit qu'il a habité tout près de l'endroit où se trouve ma maison de campagne. C'est un tout petit village. Je ne l'ai jamais vu...

J'ai regretté le sandwich pendant les deux heures suivantes. La nausée ne m'a pas quittée. J'ai voyagé en sens inverse de la marche. J'ai dit à Josi que j'avais sûrement une gastro. Le mari de Josi a mangé trois sandwichs. Il n'a pas de gastro, c'est sûr, j'ai pensé.

Il était assis dans le sens inverse de la marche lui aussi. Il avait l'air en pleine forme.

La gastro est tenace ! La gastro ne me quitte pas. Le médecin que nous avons fait venir sur le plateau de tournage a dû se tromper de diagnostic. Ça fait six jours que je prends ses médicaments. Mon estomac est toujours à l'envers.

D'autres problèmes sont venus se greffer au premier.

Je tombe en ruine.

— T'as mal au ventre ? elle m'a demandé plusieurs fois, Josi.

— Off... j'ai grimacé.

Elle a vu que j'avais du mal à m'en sortir avec cette gastro. Hier, elle m'a raconté qu'une actrice, sur un des films qu'elle a réalisés, avait eu un problème semblable. On l'a conduite à l'hôpital. Une heure après, c'était réglé.

— L'hôpital ?

— C'est mieux que d'avaler des cachets inefficaces les uns derrière les autres.

« Une heure après, c'était réglé. »

Josi n'est pas le genre de femme qui ne comprend pas ce qui l'entoure. En fait de gastro inguérissable, elle a compris que j'avais du mal à me sentir à l'aise avec mon ventre. Au diable l'orgueil, j'admets. J'admets qu'en plus de la nausée j'ai mal au ventre, et ça, je ne vais pas m'y habituer. Ça n'a pas l'air de vouloir s'arranger. Ça a même l'air de vouloir empirer. J'ai une brique dans le ventre. C'est assez peu glorieux. Mais c'est le bilan que je suis obligée de dresser.

Je ne fais rien pour m'aider ?

Josi a filé au bureau de la production. Elle a demandé à parler à une femme. Elle lui a exposé le problème. Josi a demandé :

— Trouvez un rendez-vous pour ce soir, après le tournage.

Quand elle revient, je suis dans ma loge.

— Tu as rendez-vous ce soir. Nous finissons de tourner à dix-neuf heures. Quelqu'un te conduira à l'hôpital. Le médecin t'attend. Hôpital de Pont-Voisin.

Dans la voiture qui me conduit, je me dis qu'après cette longue journée de tournage j'aurais bien fait autre chose qu'un tour à l'hôpital. Même rapide.

« Une heure après, c'était réglé... »

Josi m'accompagne.

— Je sens que ça te rassurerait si je venais, elle m'a dit.

J'ai souri.

Elle m'accompagne. Nous partons pour ma libération. Une heure après, ce sera réglé. Tout a été merveilleusement organisé. Je n'ai pas demandé de précision à Josi. Je n'avais pas envie de m'étendre sur la question.

Je ne sais pas ce qu'on va me faire en une heure. Pourvu qu'on me libère de cette brique ! La régisseuse, qui s'occupe de tout ce dont nous avons besoin sur le tournage, nous conduit.

Une dame du secteur chirurgie nous accueille sur le parking. La dame du secteur chirurgie est ravie de nous voir. Elle nous accueille avec la plus grande des politesses. Nous sommes encore maquillées et coiffées. Nous avons seulement pris la peine de changer nos vêtements.

On nous ouvre une chambre.

— Comme ça, vous serez plus tranquilles, nous dit la dame, l'œil complice.

Nous voilà, Josi et moi, dans une chambre d'hôpital, au milieu des montagnes. Nous sommes gênées de nous retrouver dans un lieu aussi peu joyeux. Un lit à manivelle. Un placard en fer. Un téléviseur suspendu au mur. Une chaise sur laquelle s'assoit Josi.

Je ne m'assois pas sur le lit. Personne n'a encore dit que j'étais malade. J'ai mal au ventre, ce qui est différent.

Nous essayons de nous sortir de cette ambiance qui foutrait le cafard au gagnant du Loto.

— C'était bien, la scène que nous avons tournée.

Nous sommes contentes. Les personnages arrivent. Le réalisateur a l'air satisfait. Nous avons bien rigolé. Mis à part ce foutu ventre, tout se passe à merveille.

Dans une heure, ce sera réglé.

Un chirurgien en blouse blanche, suivi d'une infirmière en blouse vert anis, entre dans la chambre. Mon amie me laisse seule avec les blouses blanche et vert anis.

On me demande de me dévêtir. Je m'exécute.

— Allongez-vous sur le lit, me demande le chirurgien.

— Oh... ça va, je dis poliment pour signifier que je n'ai pas besoin de me coucher sur un lit de malade. Je tiens debout.

— J'ai besoin que vous vous allongiez pour vous ausculter, me dit le chirurgien avec autorité.

Je comprends que ce n'est pas une politesse de sa part. Quand le chirurgien en blouse blanche dit quelque chose, il a l'habitude qu'on le fasse.

Je m'allonge sur le lit.

Le bruit de plastique épais m'indique qu'une alèse a été glissée sous le drap. Le contact du lit est désagréable. Je n'aime pas cette sensation. C'est un contact qui rend déjà un peu malade.

Le chirurgien est concentré. Il pose ses deux mains sur mon ventre. Plus un bruit dans la chambre à part celui du plastique de l'alèse sous mon dos. Je n'aime pas ce silence. Le silence dans cette chambre me rapproche encore de la maladie.

Dans une heure, ce sera réglé. J'espère. Je commence à avoir un doute. Je regarde la tête du chirurgien. Il cherche le problème. À force de chercher, il va finir par trouver, je commence à me dire, allongée sur mon alèse.

Si le chirurgien décide que je vais bien, je pourrai continuer mon tournage tranquillement. Si le chirurgien décide que je vais mal ?

Le chirurgien tâte mon ventre de façon énergique. Aïe ! ! Ça me fait mal ! Je ne dis rien. J'ai peur qu'il trouve que je suis malade. Il appuie encore un peu. Aïe ! Ça me fait mal. Je la ferme. Je me concentre sur ma figure. J'ai peur de lâcher une expression de douleur.

Le médecin fronce les sourcils. Il commence à me faire douter sérieusement que « dans une heure ce sera réglé ». Le médecin appuie encore plus fort. Mais aïe ! Il le fait exprès, ma parole ? Il a compris que ça me fait mal. Il veut voir jusqu'où je peux tenir ? Alors là ! Il pourra me sauter dessus à pieds joints que je ne dirai pas « aïe ».

Je ne suis pas malade.

Il appuie d'un côté de mon ventre, il appuie de l'autre. De temps en temps, il vérifie mon expression. De mon côté, rien à signaler. Je maîtrise ma figure en professionnelle.

L'infirmière, à peine vingt-cinq ans, se tient debout de l'autre côté du lit. Elle attend les instructions.

— C'est de la pierre, il lance.

Moi, j'avais pensé à de la brique. J'ai envie de faire une blague. J'ai envie de détendre l'atmosphère qui m'entraîne dans la maladie. L'ambiance dans la chambre, au milieu des montagnes, sur le lit avec alèse, devant l'armoire en fer et téléviseur suspendu au mur, me retient.

L'homme à la blouse blanche enfile des gants de plastique. Il m'ausculte, le genre d'auscultation dont on se passerait volontiers. La blouse blanche me rend malade. La jeune femme vert anis a la mine consternée. Je perds un peu de ma maîtrise professionnelle. Je commence à avoir du mal à tenir mon visage qui trahit bientôt une expression : je vais pleurer dans pas longtemps.

Le silence se fait plus dense.

Le chirurgien retire ses gants. Il se redresse. Il laisse néanmoins un poing appuyé sur le lit. On dirait qu'il estampille le drap : « malade ».

— Il va falloir lui faire un lavement, il dit en levant à peine la tête vers la demoiselle.

— Quoi ? Un lavement ?

Mais qu'est-ce que c'est que ça ? Pourquoi pas une saignée ? Tant qu'on y est. Un lavement ? Je n'ai jamais entendu ça de ma vie, à part dans *Le Malade imaginaire* ! Molière a prescrit ça au XVIIe siècle ! Il existe bien un autre moyen, non ? Un lavement ? Est-ce que Josi est au courant ? Qu'en penserait-elle ? Je commence à m'inquiéter plus que sérieusement.

— Est-ce que je pourrai tourner demain ? je demande au chirurgien.

— Votre santé est plus importante.

Mais il est fou, celui-ci ?

Je comprends que, dans une heure, ça ne sera pas réglé.

Je veux parler avec Josi avant de me faire laver quoi que ce soit ! Une des actrices sur un des films qu'elle a réalisés a eu un problème semblable. Une heure après, c'était réglé !

La demoiselle couleur anis me sourit aimablement. Elle est embêtée pour moi. Eh oui... Va falloir y passer, elle dit sa tête. Je n'ai pas le choix. Le chirurgien a dit « lavement ». Va falloir laver.

Ben alors là... Chirurgien ou pas chirurgien, on ne me lavera pas si facilement ! Je prends la parole :

— Excusez-moi, mais, si je ne peux pas tourner, je préfère attendre samedi soir pour faire ce genre d'intervention. On pourra laver tout ce que vous voudrez, toute la journée si le cœur vous en dit. Je ne tourne pas le dimanche.

Le chirurgien me regarde un instant. Une abrutie, il découvre. Il prend un air condescendant.

— Ce n'est pas moi qui souffre, il me dit.

Rectification. L'homme à la blouse blanche n'est pas un homme courtois. L'homme à la blouse blanche est un sadique. Il affiche un petit sourire de contentement.

— Je peux souffrir jusqu'à samedi soir, je réponds d'un ton ferme.

Je signifie au chirurgien qui pense détenir le pouvoir absolu que je ne reviendrai pas sur cette déclaration. Je tiendrai jusqu'à samedi. Un point, c'est tout.

Je commence à bouger sur l'alèse qui crisse sous mes fesses.

La jeune infirmière est éberluée. Ça tourne au vinaigre dans la chambre. Elle ose à peine lever les yeux sur la blouse blanche qui n'a demandé son avis à personne. Elle ne sait plus quoi faire. Elle hésite : aller chercher le tuyau nettoyeur malgré mon refus ? Ne pas exécuter l'ordre du chirurgien qui n'a pas l'habitude qu'on lui désobéisse ?

Moi, je sens que le premier qui s'approche, de près ou de loin, avec un tuyau, va le regretter ferme. Je me redresse tout à fait. Je regarde méchamment ceux qui en veulent à mon ventre. Dans la chambre, la tension est montée d'un cran. Ma figure a maintenant une expression très claire : je vais passer à l'attaque au moindre mouvement fait à l'encontre de mon intégrité physique.

La blouse blanche dodeline de la tête. La blouse blanche est consternée. La blouse blanche rompt le silence.

— Je ne crois pas que vous tiendrez jusqu'à samedi soir...

— Je veux parler à Josi !

Je n'aime pas cette situation qui devient un traquenard. Le chirurgien me considère encore un instant. Devant mon visage fermé, il comprend qu'il a affaire à une tête de pioche.

— Calmez-vous.

Il s'assouplit. Il fait bien de s'assouplir parce que c'est pas moi qui le ferai !

Le chirurgien fait entrer Josi. La présence de mon amie me rassure un peu. Le chirurgien décide de discuter avec elle. Il ne m'adresse plus la parole. Je suis le corps malade. Josi sera le cerveau avec lequel dialoguer. Josi comprend. Elle le dit au chirurgien. Lui aussi doit comprendre que nous sommes en plein tournage. Sur un des films qu'elle a réalisés, une actrice a eu un problème semblable. En une heure, c'était réglé.

Quand Josi dit ces mots : « En une heure, c'était réglé », je retrouve mon calme. Je vais élever une statue à Josi dès que je serai sortie de ce piège !

— On peut lui faire passer une radio ? demande la blouse blanche à Josi.

Josi se tourne vers moi. Elle me consulte avant de donner sa réponse au chirurgien.

— Sylvie ? Une radio ?

— OK.

Josi donne la réponse du corps malade à la blouse blanche. C'est d'accord pour la radio. Le chirurgien se tourne face à la demoiselle couleur anis.

— Monsieur Plagnot est encore là ? Je voudrais lui faire passer une radio.

La jeune infirmière sort se renseigner. Quand elle revient, elle annonce que monsieur le radiologue est parti. Je sens que je vais être libérée.

— Appelez monsieur Ruellon, qu'il lui fasse une échographie.

Non. Je ne vais pas être libérée si vite. L'homme a plus d'un tour dans sa blouse. Pas de radio ? Qu'à cela ne tienne. Une échographie. La jeune infirmière disparaît rapidement.

Josi et moi restons seules avec le chirurgien. Il a décidé de ne plus du tout m'adresser la parole. Il questionne Josi.

— Elle est stressée ?

— Euh. Non. Oui... Ni plus ni moins que quelqu'un d'autre, elle répond en me jetant un coup d'œil pour voir si je suis d'accord avec ça.

Je suis d'accord.

— Elle mange bien ?

— Euh. Ben oui. On a une cantine sur le tournage qui est plutôt correcte.

Josi me jette un deuxième coup d'œil. Je suis d'accord avec ça aussi.

La blouse blanche continue de poser les questions à Josi. Les questions qui peuvent l'éclairer sur les raisons de l’embouteillage intestinal qui m’affecte. Rien dans mon comportement alimentaire, nerveux, ou autre, ne laisse apparaître de quoi justifier mon problème.

— Ce serait plus sage qu’on la garde ici, il tente encore une fois, le chirurgien.

Je regarde Josi. Que va-t-elle répondre ? Mon sort est entre ses mains. Josi ne me regarde pas cette fois. Elle répond au chirurgien.

— Elle ne veut pas rester, elle dit calmement, mais fermement.

Deux statues pour Josi quand je sors !

Demain, je suis convoquée à 7 h 10 en bas de l’hôtel pour une nouvelle journée de tournage. Je n’ai pas envie que l’on vienne me chercher à l’hôpital.

Josi et moi attendons l’échographie. Josi ne sourit plus. Deux heures après, ce n’est toujours pas réglé. Nous demandons où fumer une cigarette. Le chirurgien est de nouveau consterné. Le corps malade lui a foutu un coup, si le cerveau s’y met aussi... Il nous indique quand même où fumer une cigarette. Nous récupérons la régisseuse au passage. Elle aussi veut fumer.

Nous avons à peine fini d’expulser la fumée dans le petit local que la jeune infirmière couleur anis vient nous chercher.

Me voilà de nouveau allongée sur un lit d’auscultation. L’échographe étale un gel bleu sur mon ventre. Nous sommes tous dans la petite pièce. Le chirurgien, Josi, la régisseuse et moi. L’échographe sourit. Lui aussi est content de se trouver en si bonne compagnie. Il attrape les ustensiles nécessaires à l'examen. Il demande :

— Ça se passe bien, ce tournage ?

Nous répondons toutes en même temps :

— Oui oui.

— La région vous plaît ?

— Oui oui.

— Oh, c'est un petit patelin ici. Vous ne vous ennuyez pas trop ?

— Non non.

— Vous dormez à Aix, n'est-ce pas ?

— Oui oui.

Le journal local a déjà tout expliqué nous concernant. L'échographe lit le journal régional. Il continue :

— Vous resterez combien de temps ?

C'est bon, Josi aussi en a marre. Elle fait semblant de ne pas comprendre la question :

— On attend votre écho, après on rentre à l'hôtel se reposer. On est épuisées, elle répond à l'échographe.

Message reçu. L'échographe ne pose plus de question. Il me pose une manette rigide sur le ventre. On dirait un lecteur de code-barres en plus gros. Le silence se fait. Tous les yeux sont tournés vers l'écran d'ordinateur qui se trouve au-dessus de la tête de l'échographe. Des formes s'y dessinent. Il hoche la tête à plusieurs reprises.

— C'est bien embouteillé, il dit.

Je me sens de mieux en mieux ! Je suis bouffée par la honte. J'attends que ce moment passe. Le lecteur de code-barres se promène sur mon ventre. Parfois l'échographe insiste sur une zone. Il continue son parcours. La manette se promène à un rythme régulier. Mon intérieur est montré à tous.

L'échographe appuie. La manette s'immobilise sur mon ventre quelques instants. L'échographe appuie plus fort. S'il appuie plus, il va me faire mal, lui aussi. L'échographe lève les fesses de sa chaise. Il se rapproche de l'écran. Pour mieux voir. Il bouge un tout petit peu la manette à droite, un tout petit peu à gauche.

— Ouh ? Mais qu'est-ce que c'est que ça ? il dit d'un coup.

Oh merde, je pense. Il a découvert une saloperie.

L'échographe continue avec sa manette.

— Mais qu'est-ce que c'est que ça ? il redit.

Dans la pièce, plus personne ne bronche. Le suspense est à son comble. Nous attendons le verdict. Crèvera, crèvera pas, cette nuit. L'échographe tapote sur son clavier d'ordinateur. L'image se transforme. Un carré en pointillés verts entoure la région inspectée. À la manière du pianiste qui joue la dernière note de son concert solo, l'échographe frappe d'un geste ample une des touches de son clavier.

— Qu'est-ce que c'est que ça ? il dit encore une fois.

Nous le découvrons tous en même temps.

Un petit panier noir dans lequel dort un bébé.

Personne ne bronche. Tout le monde se rapproche de l'écran.

— Qu'est-ce que c'est que ça ? elle dit, Josi.

Je crois que j'ai compris, mais je demande quand même à mon tour :

— Qu'est-ce que c'est que ça ?

Sur l'écran, nous voyons clairement un bébé bien installé dans une petite cavité. Un bébé dort dans mon ventre.

— Vous êtes enceinte, mademoiselle, il dit, l'échographe.

— Je descends immédiatement, je réponds à Oscar au téléphone.

Oscar est devenu le chauffeur qui me conduira sur le plateau. Il me prévient. Il est à la réception de l'hôtel. Il m'attend. Il ne veut pas que nous soyons en retard. J'ai rendez-vous dans deux minutes, très exactement. Oscar connaît la chanson des actrices-divas qui font poireauter ceux qui aimeraient quand même bien bouffer à l'heure. Il préfère me prévenir avant qu'il ne soit trop tard.

Après l'épisode de la valise rouge, de mon café serré, et du pire qu'un loup, je ne veux pas en rajouter avec ce pauvre Oscar. Je ne peux pas lui casser le dos, le traumatiser et lui dérégler l'estomac.

Un dernier coup d'œil au miroir. Je soulève mon T-shirt : mon ventre. Plat. Un bébé dort là-dedans ? J'ai du mal à réaliser. Depuis combien de temps dort-il dans mon ventre, ce bébé ? Que va-t-il se passer en huit semaines ? Vais-je commencer le film à cinquante kilos et le finir à soixante ? Est-ce une fille ? Un garçon ? Que vais-je dire au réalisateur ? Dois-je le prévenir ? Quand il me verra arriver sur le plateau, j'ai peur qu'il voie une femme enceinte à la place de son personnage. Son regard va m'éloigner de mon personnage. Je veux être son personnage. Je ne vais pas lui dire tout de suite. Je vais attendre un peu.

Tant de questions se bousculent. Que va dire mon copain ? Comment lui annoncer ? Notre entreprise s'agrandit. Dans quelle direction allons-nous conduire notre barque ? Plus question de vivre comme des sagouins. J'ai peur du mot « RESPONSABLE ». J'ai peur que notre avenir ne ressemble en rien à notre passé. Une boule d'angoisse est en train de se former au niveau de mon plexus. Je sens la boule. Elle va être bien ronde. Elle va être bien dure.

Je rejoins Oscar à la réception de l'hôtel. Il est content. Je suis à l'heure. J'épargne son estomac. J'aperçois son dos quand il m'ouvre la portière de l'automobile. Ne serait-il pas un peu voûté, ce dos, quand même ? Si, si. Mais si. Le dos du jeune Oscar est voûté. Comment ça se fait, ça ? Ce n'est quand même pas ma valise ?

Je monte dans la voiture à côté d'Oscar. Depuis une semaine que nous tournons, c'est la première fois qu'Oscar me conduit. Oscar est un élément fondamental sur le plateau. Il est tantôt chauffeur. Tantôt second assistant. Tantôt il travaille à la régie. Quand il est à la régie, c'est lui qui fait les courses pour les acteurs.

— Qui a besoin de cigarettes ?

— Moi.

— Qui a besoin de magazines ?

— Moi.

Je suis toujours inscrite sur la liste des courses d'Oscar. Il doit en avoir ras le bol de voir mon nom écrit dans toutes les cases.

Aujourd'hui, il me conduit. Je tourne un peu la tête à gauche. Je regarde Oscar. Oui. Son dos est voûté. Le haut de son buste ne colle pas au fauteuil. Ben merde alors ! Ça ne peut pas être ma valise, quand même ? Ce n'est pas ma valise. Si ma valise avait dû faire des dégâts, elle lui aurait cassé le dos. Non, non... Un dos voûté comme ça se voûte sur des années...

Notre voiture s'engage sur la rocade, dans la nuit qui s'achève.

— T'es allée à l'hosto hier soir, j'ai entendu dire ?

Ça me fout un coup.

— Euhh... Oui. Rapide. J'avais... un peu... mal au ventre... Mais c'est réglé, je bafouille.

— Ah... On s'est fait trop de bile avant le tournage ?

— ...

— Les actrices, vous avez des pressions trop lourdes. Le trac, ça crée de ces maladies. Sur un des films que j'ai faits la saison dernière, une actrice a été expédiée aux urgences. Elle a frôlé l'occlusion intestinale ! La pauvre. Ça faisait quinze jours qu'elle n'était pas allée aux chiottes !

Oscar me scie sur mon fauteuil. Je ne sais pas quoi répondre. Je n'aime pas cette discussion à 7 h 25 du matin.

— J'avais remarqué que tu avais le ventre un peu gonflé...

Il est con, ce mec ?

— Ça va mieux maintenant ? Si tu veux quelque chose, tu me demandes. T'as des médocs à aller chercher ?

— Non.

J'essaie de couper court à cette discussion.

— Si tu veux des fruits ou un menu spécial... Tu me dis. Je peux t'arranger ça.

— Non. Ça va, merci.

— Le ventre, c'est de là que partent toutes les énergies.

J'entends pour la énième fois l'histoire relative au « comment allez-vous » français.

— Oui, d'ailleurs, c'est vieux comme Hérode, ce problème.

Il commence son exposé.

— Tu sais pourquoi on dit : « Bonjour, comment allez-vous ? »

— Oui.

Il s'en fout. Il raconte quand même.

— On dit : « Comment allez-vous », parce que, avant (la date n'est jamais précisée), les gens mouraient très souvent d'occlusion intestinale. Alors, quand ils se saluaient, ils se demandaient : « Comment allez-vous », ce qui signifiait en réalité : « Comment allez-vous à la selle ? »

Cette discussion est charmante et très appropriée à un début de journée de tournage. Rien n'arrêtera Oscar avant la fin de son exposé.

— On répondait : « Oui, ça va bien », ou : « Deux fois par jour », ou : « Non, ça ne va pas », ce qui voulait dire que la personne était constipée, et donc en danger. Aujourd'hui, bien sûr, avec la médecine, on ne meurt plus d'occlusion. « Comment allez-vous ? » a changé de sens.

— Ça va, Oscar. Je n'ai besoin de rien, je dis sèchement. On peut mettre la radio ?

— Oui. Bien sûr. Tiens, je vais te mettre un truc qui va te détendre.

Mais il est lourd, monsieur le dos voûté qui croit conduire madame problème caca ! Je n'ai pas besoin de médocs. Je n'ai pas besoin de menu spécial. J'ai envie de manger des fruits parce que c'est bon. Je n'ai pas besoin d'être détendue ! Je suis parfaitement détendue ! Il commence à me taper sur les nerfs !

Nous finissons le trajet avec la musique qui détend. Je ne connais pas cette radio, mais, c'est sûr, je ne l'écouterai jamais. Des bruits de vagues. Des bruits de fauves qui rugissent dans la savane. De temps en temps, quelqu'un gratte la corde de ce qui semble être une lyre. Les montagnes défilent devant notre pare-brise. Le jour se lève lentement.

La honte... Tout le monde est au courant sur le plateau ? Que dois-je faire ? Essuyer la honte ? Laisser tout le monde penser que je suis malade des intestins ? Dois-je dire la vérité ? Oscar vient de me rajouter un problème dont je n'avais vraiment pas besoin. Non. Je ne peux pas dire qu'un bébé dort dans mon ventre...

Josi. Josi. Je dois absolument parler à Josi.

Nous nous retrouvons dans sa loge. Josi est très souriante ce matin. Je porte un bébé. Josi porte mon secret. C'est une bonne nouvelle. Je ne vais pas crever. Je vais donner la vie. Ce qui m'arrive est exceptionnel, me dit Josi. Ce qui m'arrive n'est pas exceptionnel en général. La moitié de la population vit un jour ce genre d'événement. La moitié de la population héberge un jour un bébé dans son ventre. En est-elle sûre, Josi ? Oui. Elle a l'air d'en être certaine. Ça lui est arrivé, il y a vingt ans. Elle a l'air d'en être ravie aujourd'hui encore.

— Mais moi ? Je ne vais pas y arriver !

Josi sourit.

J'ai déjà du mal à m'occuper de moi ! Comment ferai-je pour m'occuper de quelqu'un d'autre ? Comment ferai-je pour le rassurer ? Je suis une terrorisée chronique. Il n'y a que lorsque je connais le début, le milieu et la fin de l'histoire que je me sens bien. Je ne prends de risque que lorsque je connais l'issue de l'aventure. Je ne prends de risque que lorsque je connais la situation à l'avance. La vie ne m'effraie pas que lorsque j'en connais le cheminement. Je ne trouve de liberté que lorsque mes sentiments me sont imposés. Je n'arrive à gérer mon temps que lorsqu'une feuille de convocation m'est donnée le soir après le tournage. Il n'y a que lorsque je tourne que je n'ai pas peur.

Le reste du temps, je suis une pelote embrouillée. Une pelote de nerfs. Une pelote de trouille. Si personne n'imagine ma vie à ma place, c'est moi qui le fais. Si c'est moi qui imagine, le pire s'annonce.

Je n'aime pas les questions qui se bousculent. Je ne trouve jamais de réponse satisfaisante. Je suis une pelote pleine de nœuds qui ne se laissent démêler que par une autre vie : celle inventée par un réalisateur. Celle d'un personnage. Je n'aime me poser des questions que lorsque quelqu'un d'autre a la réponse.

— Rien de plus beau au monde ne peut arriver dans une vie, elle me dit, Josi.

Josi est une femme pudique. Pas le genre de femme qui m'appelle « ma chérie » au bout de trente secondes. Pas le genre de femme qui me touche l'épaule d'une main libidineuse quand elle me parle. Josi ne fait pas d'enchère côté sentiments. Pas de démonstration. Si Josi dit que c'est un moment d'émotion comme aucun autre, c'est que c'est le cas.

— Mais... je dois arrêter de fumer ?

— Oui.

— Je ne dois plus boire une goutte d'alcool ?

— Non.

— Je dois manger sainement ?

— Oui.

— Boire beaucoup d'eau ?

— Oui.

— Ne pas trop travailler ?

— Non.

— Ne pas m'endormir trop tard ?

— Non.

— Ne pas trop me fatiguer ?

— Non.

— Ne pas m'abrutir pour trouver le sommeil ?

— Non.

— Est-ce que je peux manger du camembert ?

— Si c'est au lait cuit, oui.

— Je n'aime que celui au lait cru.

— Alors non.

Je dois être sereine. Calme. Me laisser porter par la vie. Il me semble que j'ignore le sens exact des mots « sérénité », calme », « laisser porter ».

— Tu n'es pas obligée d'arrêter de vivre non plus, elle me dit.

Je ne comprends pas exactement le sens de cette phrase au vu de la liste de questions que je viens de poser, à laquelle Josi vient de me répondre par des négatives successives. Je dois commencer à vivre ma vie, elle me dit. Moi, j'adore la vie des autres !

Oscar, qui est devenu le deuxième assistant, frappe à notre porte. Le premier assistant nous fait appeler sur le plateau.

— Mesdames, vous êtes attendues.

Nous reprendrons cette discussion plus tard. Je suis une actrice. Je joue dans un film. Je dois oublier mes tracas et me concentrer sur mon personnage qui a d'autres soucis que les miens. Tant mieux ! Je sors la première de la loge. Josi me suit. J'entends son pas rassurant derrière moi.

Nous mettons la scène en place. Nous allons faire les premières répétitions.

Le réalisateur vient m'embrasser.

— Bonjour Sylvie.

Je l'embrasse à mon tour.

— Bonjour.

Je voudrais l'embrasser plus fort que d'habitude. Je voudrais presque qu'il me serre dans ses bras.

Aujourd'hui, celui qui va guider mes sentiments, celui qui gérera mon temps, celui qui commandera mes actions m'apparaît comme le plus grand des protecteurs. Le réalisateur est ma colonne vertébrale. Je veux rester calée entre le réalisateur et Josi. Je ne veux pas qu'ils s'en aillent. Dès que l'un d'eux s'éloigne, je me sens en danger. En danger d'assumer. En danger de prendre la moindre initiative, ce dont je suis incapable. Un mot de plus qui fait peur : DÉCISION.

Merci ! Merci ! J'ai envie de remercier ceux qui m'entourent. Merci pour quoi ? Merci de respirer plus fort que moi. Merci de mener la danse à ma place. Merci de me protéger.

Nous nous mettons en place. Le réalisateur prend son poste de commandant de bord. À partir de maintenant, l'équipe vivra au rythme de la scène décidée par le réalisateur.

— Quand Josi entre dans le café, tu es en train d'essuyer les verres, Sylvie.

— Oui ! C'est ça. Je vais essuyer les verres !

Je veux essuyer des verres à l'infini. Occupez-moi ! Occupez-moi ! J'essuie les verres. Je veux faire n'importe quoi. Tout. Tout, sauf rien ! Il faut occuper mon corps pour occuper mon esprit. Loin de moi. Je veux me tenir à des lustres de moi qui suis mon angoisse. Je suis tout entière dans l'essuyage des verres.

— Quand Josi dit : « Où est le chat ? » tu es inquiète, Sylvie. Tu cherches le chat partout.

Le réalisateur me donne des indications. Oui ! Chercher le chat ! Quelle bonne idée ! Je cherche le chat. Je suis une bonne chercheuse. Je cherche partout comme une folle. Je cherche avec plus d'énergie que les chiens qui reniflent la drogue dans les valises des aéroports. Mais où ce chat peut-il bien se trouver ? C'est la mission la plus importante de ma vie : chercher le chat. Je regarde sous les tables du café. Pas de chat. Sous le comptoir. Pas de chat. Je regarde dans les tiroirs du vaisselier. Pas de chat. Derrière les bouteilles. Pas de chat. Je soulève les nappes, les serviettes de table rangées dans les casiers, au-dessus du réfrigérateur.

— Tu te fous de la gueule du monde ?

Je suis stoppée net dans mes recherches par la voix mécontente du réalisateur.

— Hein ? Quoi ?

Je fais une pause dans mes recherches de chat. Pourquoi m'arrête-t-il en si grand bonheur ?

— Tu crois qu'un chat, même très maigre, peut se cacher sous des nappes ? Tu penses qu'un chat, même très malin, peut se cacher sous des serviettes de table ? Tu as déjà vu un chat entrer dans le tiroir d'un meuble et le refermer derrière lui ? Je n'ai jamais vu un chat refermer un tiroir derrière lui !

— Tu as raison, je suis obligée de répondre au réalisateur.

— Concentre-toi un peu, il me dit.

Oui. Je vais me concentrer.

Je trouve enfin le chat. Je trouve une place tout à fait adéquate pour un chat qui se cache. Le rebord de la fenêtre. Ça, j'ai déjà vu.

— Tu grondes le chat, Sylvie, me dit le réalisateur.

Le chat est censé nous avoir fait peur, à Josi et à moi. Nous avons découvert son assiette de lait renversée. La porte ouverte ne nous a pas rassurées. Nous avons eu peur qu'il lui soit arrivé quelque chose.

Ma réplique : « Tu es là Gaspard ? Oh, que tu nous as fait peur. Tu pourrais répondre quand on t'appelle. Mal élevé. »

Je me concentre. Je connais mon texte. Le réalisateur me fait signe. La répétition reprend son cours.

— Action !

C'est à moi. Je fonce vers le rebord de la fenêtre. Je suis essoufflée tellement j'ai cherché.

— Tu es là, Gaspard ?

Oufffffffff !

J'expulse la totalité de l'air contenu dans mon abdomen. Je suis incroyablement soulagée de voir la boule de poils endormie sur le rebord de la fenêtre. Un des plus beaux moments de ma vie : il n'est rien arrivé à mon chat. Je fais un sourire qui montre combien ma joie est grande.

— Oh, que tu nous as fait peur !

Je lui fais le reproche, après avoir savouré tout mon bonheur de le retrouver. Je fronce les sourcils. Je joue dans le détail.

— Tu pourrais répondre quand on t'appelle ! je gueule sur le chat maintenant.

Je fais des ruptures dans mon jeu. J'ai bien compris ce que veut le metteur en scène. Il veut que j'engueule le chat. Je l'engueule :

— Mal élevé !

Je me mets en colère. Je passe un savon à ce chat qui s'en souviendra pour le reste de son existence.

— Qu'est-ce que tu fous, Sylvie ? me coupe une nouvelle fois le metteur en scène.

Il m'interrompt alors que je suis à fond dans la réplique et les indications qu'il m'a données.

— Ben quoi ? je lui demande.

— Tu ne trouves pas que c'est un peu démesuré de gueuler aussi fort sur ce chat ?

C'est vrai. Il n'y a aucune raison pour que je gueule comme ça sur ce pauvre chat qui dormait tranquillement.

Le réalisateur secoue la tête. Il se demande ce que j'ai aujourd'hui qui ne tourne pas rond. Le semaine de tournage qui vient de s'écouler se passait plutôt bien. Louise, mon personnage, prenait vie. Louise naissait comme une jeune femme équilibrée. Et maintenant, en quelques répliques, je transforme notre Louise en une folle hystérique et acariâtre. Et cette Louise-là, le réalisateur, il n'en veut pas sur son plateau.

Aujourd'hui, rien ne va plus.

— Reprenons.

Le réalisateur tente de foutre la nouvelle Louise à la porte. Il attend celle que nous connaissons depuis une semaine.

— Action !

Je cherche le chat avec un peu moins d'ardeur. Je trouve le chat. Je suis soulagée d'un poids un peu moins lourd.

— Tu es là, Gaspard ? je demande au chat sans espérer obtenir de réponse.

Je sais maintenant que les chats ne parlent pas.

— Ce que tu nous as fait peur.

Je n'ai pas eu peur de vivre les derniers jours de Pompéi.

— Tu pourrais répondre quand on t'appelle.

Je mets un peu d'ironie dans cette réplique. Je sais que les chats ne répondent pas « présent » à l'appel de leur nom.

— Mal élevé.

J'essaie d'avoir un peu de complicité avec l'animal.

Ça passe mieux pour le réalisateur, qui ne me demande pas si je suis en train de me foutre de sa gueule.

Nous poursuivons la mise en place.

— Josi, tu entres quand Sylvie termine avec sa réplique : « Mal élevé. »

Je reprends deux phrases plus haut pour laisser le temps à Josi d'entrer dans la pièce sans courir.

— Tu pourrais répondre quand on t'appelle.

Je ménage un temps.

— Mal élevé !

J'articule bien fort pour que Josi entende. Je suis une bonne partenaire. Je ne veux pas qu'elle rate son entrée par ma faute. Josi entre. Elle passe devant moi.

— Crie pas si fort, elle me murmure au passage.

Elle en a marre que je me fasse engueuler.

Josi se dirige vers le chat.

— Ah ! ben ça y est ? On a retrouvé notre petit Gaspard.

Elle sourit tendrement. Josi s'approche de Gaspard et de moi. Elle est contente. Moi, je suis si contente que je me serre contre Josi. Je serre Josi dans mes bras. Je ne desserre plus Josi, avec qui je partage ce moment de bonheur immense. Si je continue comme ça, je vais asphyxier Josi. Si je continue de la serrer si fort, je vais écraser le chat entre la poitrine de Josi et la mienne.

— Non ! Non !

Là, le réalisateur n'est plus du tout content avec moi. L'ancienne Louise semblait revenue. La voilà moins hystérique, moins acariâtre, mais la voilà tout de même amputée d'un bout de cervelle ! Ça, le réalisateur n'en veut pas non plus. Il veut sa Louise avec toute sa tête. Une Louise handicapée mentale, c'est pour un autre film.

— Pourquoi tu la serres comme ça ? il me demande agacé. Louise est soulagée, mais là c'est vraiment trop !

Il a raison. C'est vraiment trop. J'ai serré Josi comme si on s'était perdues de vue au début de la guerre. Je l'ai serrée comme si elle revenait, rescapée, après les bombardements.

Mon menton commence à tressauter malgré moi. Mon menton fait ça quand je vais bientôt pleurer. Je vais bientôt pleurer parce que le réalisateur ne m'aime plus, tellement je fais n'importe quoi avec le chat, et maintenant avec Josi, que j'ai presque étouffée. Je suis en train d'assassiner Louise.

— Qu'est-ce que t'as ? il me demande, le réalisateur.

— Je te demande pardon. Je ne sais pas, je dis en baissant les yeux.

Mon menton continue de tressauter. Je respire un grand coup.

— Ça va aller, il me dit en passant sa main sur mon épaule.

Il ne faut pas que le réalisateur fasse ça ! Je m'éloigne un peu de lui. Si le réalisateur se met à être gentil, je vais vraiment pleurer. Quand j'essaie de me retenir, le pire, c'est une attention aimable. Sa main sur mon épaule risque de déverrouiller mon plexus !

— Tu veux un verre d'eau ?

Je ne lève toujours pas les yeux. Je murmure un tout petit « oui ».

— Oscar. Apporte un verre d'eau à Sylvie.

Oscar court. Il n'y a pas une minute à perdre. Un moment délicat est en train d'être vécu sur le plateau entre une des comédiennes principales et le réalisateur en personne.

Je jette un coup d'œil à Josi. Josi me sourit. Elle a compris que j'étais perturbée. Elle a compris que je faisais n'importe quoi. Elle trouve que ce n'est pas grave. J'ai même l'impression qu'elle s'y attendait. Josi ? Comment as-tu fait, toi ? j'ai envie de lui demander.

Oscar m'apporte le verre d'eau. Il ne me regarde pas. Je vis un moment critique. Plus un bruit sur le plateau. Louise est cachée quelque part, au fond de moi. Sa sortie est fragile aujourd'hui. Le moindre mot déplacé pourrait l'emporter encore plus loin.

— Moi aussi, je veux bien un verre d'eau ! lance Josi.

Par ces quelques mots, Josi a décrispé la situation. Par ces quelques mots, elle a signifié que tout est normal. Il n'y a pas de quoi remettre le tournage en question. Louise est là. Elle viendra. Il suffit de lui envoyer le bon carton d'invitation avec la bonne adresse.

J'ai respiré un autre grand coup. Nous avons réussi à finir cette mise en place.

Les lumières vont être installées. Vingt minutes pour les lumières. Nous ferons une dernière répétition. Si ça va, nous tournerons cette scène.

La maquilleuse veut faire des retouches.

— Tu es un peu fatiguée aujourd'hui, elle me dit dans les escaliers qui nous conduisent à la loge maquillage.

Le tournage a repris son cours normal.

Ceux qui n'ont rien à faire avec les lumières vont boire un café à la table de la régie.

— On a eu de la visite hier soir ? me lance Paolo le ténébreux, l'œil amusé, quand je passe devant lui.

Paolo me lance ça, parce qu'il sait que les actrices sont fatiguées le matin, quand, la veille au soir, elles ont reçu de la visite dans leur chambre. Il a vu ça il ne sait combien de fois. Il a lui-même rendu tant de visites. Qu'est-ce qui peut crever une actrice en dehors d'une visite nocturne ?

Paolo a perdu un peu de son mystère sur le plateau quand l'ingénieur du son lui a dit que, à ce niveau sonore, ce n'était même pas la peine qu'il prenne la parole.

Depuis, Paolo a une voix.

J'entends la suite de sa réflexion d'homme aguerri sur le sujet :

— On fait des folies, on fait des folies, et c'est la maquilleuse qui répare !

Paolo est un acteur exécrable ! Après m'avoir gonflée sur le sujet Croix-Rousse, il m'a gonflée à la piscine. À la piscine d'Aix-les-Bains, j'ai compris que ce garçon était un pot de colle.

— Toi aussi, tu aimes nager ? il m'a demandé, l'œil profond, quand il est entré dans le bassin.

Il nageait derrière moi. Je nageais depuis une demi-heure. Je suis sortie de la piscine. Il m'a rejointe au bout de dix minutes dans le Jacuzzi attenant.

— Je peux partager tes bulles ?

Ça m'a ulcérée, je suis partie sans répondre. Je l'ai planté dans ses bulles, monsieur Intensité. Eh bien, Paolo n'a pas compris. Paolo m'impose son intimité quoi que je fasse. Quoi que je dise. De quelque manière que je me comporte. Maintenant il me gonfle sur le plateau ! D'abord il ne s'appelle pas Paolo. Il s'appelle Bernard. Bernard Bonssex. Quand il m'a dit ça, j'ai pensé : « le pauvre ». Maintenant je me demande si ce n'est pas lui qui s'est inventé ce nom idiot.

Je m'installe devant le miroir de la table de maquillage. Oh, mon Dieu... C'est vrai que ma tête offre un spectacle peu réjouissant. Le coiffeur entre dans la loge à son tour.

— Tu passeras me voir après, Sylvie ? me demande Stéphane.

Ah bon ? Ma coiffure non plus ne va pas ? Je regarde mes cheveux dans le miroir. Tout aplatis sur le haut de ma tête.

— Je vais remettre du volume, continue Stéphane.

— Pourtant, je n'ai rien fait de fou hier soir...

Je finis quand même par me justifier.

Voilà mon menton qui recommence à tressauter. Il tressaute encore plus vite que tout à l'heure. Je crois que, cette fois, je ne vais pas réussir à me retenir. J'en ai trop gros sur la patate. La boule à mon plexus est en train de me remonter dans la gorge.

La boule à mon plexus est en train de me coincer les tuyaux.

Je connais Stéphane et Sophie depuis des années maintenant. Ils m'ont coiffée et maquillée sur plusieurs films. Stéphane et Sophie font partie de mes amis. Stéphane et Sophie voient que ça ne va pas du tout avec ma gorge. Je suis assise sur la chaise face à eux qui me regardent. Comment leur dire ? Je suis incapable de formuler simplement ce que j'ai à déclarer. Je me décide à parler. Je fais un effort pour acheminer ma voix jusqu'au-dehors.

— Je ne devrais porter qu'une personne dans mon ventre... Je devrais être enceinte de Louise...

Je leur dis ça la gorge nouée. J'espère que cette déclaration incompréhensible les éclairera. Le coiffeur et la maquilleuse me regardent, ahuris. Ça ne me ressemble pas de parler comme ça. Ils n'ont rien compris. Je fais un nouvel effort.

— Hier soir, nous avons découvert quelque chose d'incroyable, je leur dis encore.

Les deux font ce qu'ils peuvent pour comprendre l'incompréhensible. Les yeux rivés sur moi, qui me ratatine sur ma chaise, ils écoutent. Ma voix a de plus en plus de mal à se frayer un chemin au travers des tuyaux qui se referment inexorablement. Je ne sais comment m'y prendre pour leur annoncer la nouvelle. Je les supplie du regard. Je voudrais qu'ils trouvent. Je ne peux pas le dire. Je les supplie de comprendre. Le coiffeur et la maquilleuse observent ma souffrance, impuissants. Ils ne trouvent pas. Ils ont compris que quelque chose de grave a été découvert hier soir. Mais quoi ? Ils voudraient m'aider. Ils attendent une clé pour ouvrir ce qui s'est verrouillé dans ma gorge. Ils ont l'air de craindre que je leur annonce la date de mon décès.

Je ne peux pas. Je ne peux pas.

Ma voix se retire. Ma voix se retire au fond de mon estomac. Je ne réussirai pas à me faire comprendre. Comme un naufragé à bout de forces, je commence à abandonner. J'abdique lentement. Je vais rester dans mon mutisme. Je ne me soulagerai pas de ce poids trop lourd.

Une bouée. Une bouée m'est jetée avant la submersion.

— Sylvie ? Que se passe-t-il ?

La voix calme et réconfortante de Stéphane vient de retentir. En disant mon prénom, il me rappelle. Ma voix sort de moi comme la lave du volcan. Je parle en explosions.

— On a vu un bébé dans mon ventre ! Il y a un bébé qui dort dans mon ventre !

Je cède à la panique. Je meurs bientôt. Je suis peut-être sauvée bientôt. Je ne sais plus. Les mots jaillissent de ma bouche. Je parle trop vite. Je parle trop fort, dans cette pièce si petite. Ma voix arrache ma gorge devenue trop étroite. Je leur annonce qu'un bébé est venu dormir dans mon ventre. Je leur annonce presque la présence d'un squatteur. Comme si je n'étais pour rien dans l'histoire. Je leur annonce que je suis la Sainte Vierge. L'ange Gabriel a oublié de m'apporter la nouvelle.

— Je suis enceinte de Louise et de quelqu'un d'autre !... Ça fait du monde à porter !

J'expulse ça dans une dernière explosion de mots. La boule dans ma gorge gonfle encore. La voix ne peut plus passer malgré mes efforts. Ma gorge s'est fermée. Je ne peux plus parler. Je les regarde. Je m'éteins sous leurs yeux. Assise sur la chaise, je pleure sans bruit, dans la loge.

Sophie réagit la première.

— OOOOOOOOOOOOOOhhhhhh ! elle dit.

Je comprends à ce long gémissement que, comme Josi, elle estime que c'est une très bonne nouvelle. Stéphane réagit immédiatement derrière.

— Ah ! Enfin ! Bravo ! Je pensais qu'on allait s'occuper du chien jusqu'à la fin des temps et que tu ne nous ferais jamais un petit !

Stéphane, comme Sophie et Josi, trouve que c'est une nouvelle formidable ! Stéphane et Sophie rient. Moi, je pleure. Un torrent coule sur chacune de mes joues.

— Ça va être bien ! Stéphane s'occupera du chien, et moi, du petit ! dit Sophie.

— Oui, je m'occuperai du chien, et Sophie, du petit !

— C'est moi qui offre Sophie la girafe !

— Il aura de la chance de t'avoir comme mère, ce petit, me dit Stéphane.

Ah bon ? Il le pense vraiment ? Il pense que quelqu'un peut se trouver chanceux de m'avoir ? Je n'avais jamais imaginé une chose pareille. Ils sont si contents que je suis presque contente à mon tour. Je souris pour la première fois depuis le début de la matinée.

Oscar frappe à la porte de la loge. J'essuie rapidement mes joues couvertes de larmes. Je cache mes yeux rougis comme je peux. Je ne veux pas qu'Oscar voie que j'ai pleuré. Raté.

— Tu as besoin de quelque chose, Sylvie ? il me demande.

Je fais non de la tête avec un sourire qui indique que tout va bien.

— Tu es sûre ?

Il insiste.

S'il continue, je vais lui demander du papier toilette. J'ai utilisé tout le mien. Parce que ça va bien. Je dis :

— Non. Merci, Oscar.

Oscar est un peu vexé de ne pas être mis dans la confidence. Tant pis. Il reprend son ton de deuxième assistant.

— Vous en avez pour combien de temps ? il demande à la maquilleuse et au coiffeur.

Chacun en a pour cinq minutes. Oscar est surpris. Cinq minutes. Ça lui paraît court, vu la couleur de mes yeux et de mon nez. Il enchaîne.

— Vous voulez revoir Josi ?

— Oui.

Oscar se retire de la loge. Il va chercher Josi.

— Oscar ?

Je le rappelle.

— Oui ?

— Tu crois que tu peux me trouver un dictionnaire ?

Ma demande le surprend un peu. Oscar se couperait en dix pour faire plaisir, je m'en rends compte.

— Je vais te trouver ça, ma Sylvie, il me dit d'une voix chaleureuse.

Oscar m'a apporté un dictionnaire. Il est vieux, mais le mot qui me turlupine existe sûrement depuis très longtemps.

RESPONSABLE.

Le dictionnaire m'offre six solutions :

1 – Qui doit accepter et subir les conséquences de ses actes, en répondre.

2 – Qui doit, en vertu de la morale admise, rendre compte de ses actes ou de ceux d'autrui. Parents responsables des actes commis par leurs enfants.

3 – Qui est l'auteur, la cause volontaire et consciente.

4 – Chargé de, en tant que chef qui prend les décisions.

5 – Qui est la cause, la raison suffisante de.

6 – RAISONNABLE, RÉFLÉCHI, SÉRIEUX; QUI MESURE LES CONSÉQUENCES DE SES ACTES.

Josiane entre dans la loge.

— Josiane ?

Je quitte des yeux les définitions qui me traumatisent.

— Oui.

J'ai le dictionnaire ouvert à la page 2271.

— Tu crois que, pour avoir un enfant, il faut être responsable ?

— Room service, j'écoute ?

— Un petit déjeuner continental avec un café et un thé. Deux oranges pressées. Merci.

Je repose le combiné sur le socle. Je regarde mon copain assis au bout de mon lit. Mon copain me regarde. Il arrive de Paris. Il a fait trois heures et demie de TGV pour venir.

— Tu as pris le train de sept heures ?

— Je ne pouvais plus dormir, alors je suis venu te voir.

Il est dix heures du matin. Dimanche. Aix-les-Bains. L'hôtel est encore silencieux. L'agitation est nulle, le bal des aspirateurs n'a pas commencé.

Je suis réveillée. J'ai pourtant l'impression que la journée ne commence pas. Mon copain et moi semblons suspendus entre deux états. La nuit, le jour.

— C'est là que tu vas dormir pendant huit semaines ? il me demande en jetant un regard circulaire dans ma chambre.

— Euh... Oui...

— C'est bien ici.

— Oui...

— Ta salle de bains est bien ?
— Oui.
— Tu as les toilettes séparées ?
— Oui...
— Tu as un petit salon ?
— Oui.
— C'est bien !

Oui, enfin, bon... Je ne vais pas acheter cette chambre, non plus !

— À quoi tu penses ?

Il me scrute comme s'il voulait lire en moi. Il a une drôle de tête aujourd'hui.

— Hein ? Moi ? je demande, comme si nous étions plusieurs à pouvoir penser quelque chose dans cette chambre.

— À rien. Je ne pense à rien.

Un silence qui rend mal à l'aise s'est installé depuis qu'il s'est assis sur mon lit.

— Tu veux bien ouvrir les rideaux ?

Je romps le silence.

D'un bond, mon copain se jette sur les rideaux. Il a l'air ravi de faire ça pour moi. Ouvrir les rideaux. Le jour est blanc. Les nuages sont accrochés aux montagnes. Il pleut.

— Fait mauvais, dehors, il me dit quand je regarde en direction de la fenêtre.

— Oui. On dirait.

Il se rassoit au bord de mon lit. Je bâille largement. La bouche grande ouverte. J'ai été tirée du sommeil de façon brutale, je le montre ostensiblement.

Le temps semble se remettre en route quand on frappe à la porte de ma chambre. Mon copain se lève.

Il ouvre. Il salue aimablement le jeune homme qui lui tend le plateau du petit déjeuner.

— Bonne journée, monsieur.

— Bonne journée à vous.

La petite agitation est déjà finie. Le temps s'arrête de nouveau. La porte se referme. Mon copain pose le plateau sur le lit, devant moi.

— Bon appétit.

— Merci.

Est-ce qu'on dit « bon appétit » le matin aussi ? Les banalités et les répliques vides d'intérêt nous sortent les unes derrière les autres.

— J'ai faim, je dis en glissant le plateau plus près de moi.

Chaque mot reste accroché, immobilisé, dans le silence. Il n'y a pas d'horloge dans ma chambre. Pas de réveil bruyant. J'entends pourtant le tic-tac des secondes, des minutes qui passent.

Le bruit de la vaisselle nous sauve un peu. Le bruit de la petite cuillère qui tinte dans mon café nous ramène à un jour presque normal. Je prends le croissant dans la corbeille d'osier. Mon copain suit mon geste. Il a l'air très intéressé subitement. Une action se déroule. Qu'est-ce qu'il regarde comme ça ? Je promène un peu la viennoiserie en l'air. C'est bien ça. Il fait comme mon chien, assis au pied du lit. Il suit la viennoiserie des yeux.

— Tu veux le croissant ? je lui demande.

Je sais qu'il ne veut pas le croissant. Par cette réflexion désagréable, je veux lui faire comprendre que son regard soutenu me dérange. Il ne comprend pas. Il secoue la tête. Contrairement à mon chien, il ne veut pas de mon croissant. Mon copain repose ses yeux sur moi. On dirait qu'il contemple une statue ou un tableau. La statue ou le tableau, c'est moi. Je ne sais pas comment me comporter devant celui qui partage ma vie. Je vais manger ce croissant quand même. On verra la suite plus tard. J'approche le croissant de ma bouche. Mon copain suit la viennoiserie des yeux. Il assiste à un miracle, on dirait. Il sourit. Il a l'air ravi que je mange un croissant. Moi, je suis gênée de tant d'attention. Tu ne m'as jamais vue bouffer ? je vais lui demander.

— Tu ne manges jamais de croissant d'habitude, il dit avec un large sourire.

Qu'attend-il comme réponse ? Non. C'est vrai. Je ne mange jamais de croissant normalement. Tu sais, je mange un croissant ce matin parce que je suis enceinte. C'est ce que l'on appelle une envie. Tu vois, je me transforme déjà.

Je ne dis rien. Je fais comme si tout était normal. J'approche le croissant de ma bouche. L'attention de mon copain se renforce. Il rend tout anormal. Le miracle va se produire : je vais manger du croissant. Ma bouche rate le croissant, qui tombe dans ma tasse de café.

— Je ne vais pas manger le croissant cette fois non plus, je marmonne.

Je marmonne parce que c'est de sa faute. J'ai raté ma bouche parce que ça me gêne qu'il me regarde comme ça. Ça me gêne que depuis ce matin tout soit si lourd ! Ça me gêne qu'il soit gêné. Ça me gêne qu'on ne se comporte pas normalement.

Je regarde dans ma tasse de café. Le croissant coule au fond du liquide noir. Le croissant ressemble à une éponge. La masse molle, devenue marronnasse, est répugnante. Mon copain sourit toujours. Il ne trouve pas que le tableau se dégrade. Je sors le croissant mou du café. Du gâchis. Tant pis, je vais manger le pain russe.

Mon copain et mon chien n'ont pas les mêmes motivations, mais tous les deux me regardent intensément. Sous le poids de leurs quatre yeux, je m'applique, j'essaie de bien manger. Je ne vais pas m'écraser tous les aliments sur la joue. Je fais attention de ne pas faire tomber le pain russe dans ma tasse. Quelques raisins secs s'échappent de la viennoiserie.

Mon chien attend. Il ne se déplace pas pour trois raisins secs. Ce qu'il veut, c'est le morceau. Il veut que je fasse tomber le pain russe par terre. Au moins, celui-ci est en accord avec ce qu'il a toujours été, je pense en regardant mon chien. Il se fiche du silence, des minutes qui passent, du malaise, de la drôle de tête de mon copain, de ma maladresse. Ce qu'il veut, c'est manger mon pain. Ça, c'est normal. Là, je reconnais mon environnement.

— Tu aimes les pains russes ? me demande mon copain.

Qu'est-ce qu'il a ? Il va m'agacer bientôt ! Il ne va tout de même pas faire l'inventaire de tout ce que je me fourre dans la gueule ? Sinon, il n'a pas fini. Le petit déjeuner est mon plus gros repas. C'est là que je m'empiffre le plus. Dans ma corbeille, il reste encore un pain au chocolat, une brioche et deux biscottes.

Il n'y a pas que sa tête qui soit drôle. Sa voix ! Sa voix est drôle aussi. Sa voix est même très drôle. Sa voix fait des trémolos. On dirait qu'il a envie de chanter, mais qu'il ne peut pas. Il prépare le terrain de façon grossière ! La discussion va s'engager, je le sens. Elle va s'engager comme je le craignais : mal.

Il commence à parler de rien pour parler de tout. Il amorce la pompe à discussion. Quand je mangerai le pain au chocolat, il me dira : « C'est la première fois que je te vois manger du pain au chocolat. » Il aura raison, mais ce n'est pas à cause de mon état ! Ce n'est pas moi qui prépare les petits déjeuners dans cet hôtel. J'ai demandé plusieurs fois : « Camembert ? » Ils n'en ont pas.

Je suis crispée. Le bord de mon lit est propice à la discussion. La menace de discussion pèse dans ma chambre qui serait inanimée sans les halètements de mon chien. Je veux rester dans notre quotidien. Je tente de retarder l'heure de la discussion à laquelle nous n'échapperons pas, je le sens. Je veux que tout soit normal. Comme d'habitude. Rien de changé. Il va commencer. Je ne sais pas quoi faire pour empêcher la discussion. Oui, on parlera. Mais plus tard. Je ne dis rien. Mon copain ouvre la bouche. Il va dire les phrases qui tenteront d'expliquer ce qu'on voudrait ne jamais expliquer. Des lieux communs qui nous empêcheront d'imaginer qu'on est les premiers. Des paroles maladroites que nous dirons en désespoir de cause. Des paroles que nous nous sentirons obligés de dire parce que c'est comme ça. Des paroles qui attendront de nous de la loyauté. Des paroles définitives. Des phrases que je ne veux pas prononcer. Pas entendre. Pas maintenant. Non... Pas maintenant... La discussion que nous allons avoir me terrorise. J'arrête de le regarder.

Mon copain se lève. Il fait quatre pas. Il fait je ne sais quoi avec ses mains qu'il frotte sur son pantalon. Il s'essuie les mains sur ses cuisses. Il se rassoit. Rien n'est normal. Je suis obligée de le constater. Sa tête est toujours drôle. Sa tête et sa voix sont drôles parce que mon copain est tourmenté. Ça lui écrase la tête : c'est la discussion obligatoire qui le tourmente. L'inévitable discussion le taraude. Il voudrait ne pas commencer. C'est la discussion qui s'impose. Il ne tiendra plus longtemps. Résiste ! Je voudrais lui dire.

Il s'est réinstallé au lieu propice à la discussion. Il s'est réinstallé au bout de mon lit. Je me crispe un peu plus.

— C'est bien, ici, le petit déjeuner.

— Oui.

— C'est comme ça tous les jours ?

— Non. D'habitude, on me donne du pain rassis. Aujourd'hui, j'ai de la chance. C'est dimanche.

Mon copain éclate de rire.

Ma blague n'était pas drôle. Mon copain rit parce qu'il y a une chape de béton sur nous. La chape nous écrase, ce matin dans la chambre. Mon copain voudrait nous en débarrasser. La chape, ce sont ces saloperies de mots que tu vas t'arracher ! je voudrais lui dire. La chape qui nous écrase, ce sont ces saloperies de mots que tu vas t'infliger ! Que tu vas m'infliger !

Mon copain se penche au-dessus du plateau. Il décide de boire son thé. La théière tinte contre sa tasse. La petite cuillère qu'il tourne fait un nouveau bruit de quotidien qui me détend un peu. Mon copain approche la tasse de sa bouche. Mon copain me regarde quand il attrape sa tasse de thé. Il casse le quotidien qui s'installait. Mon copain me regarde pardessus sa tasse quand il avale une gorgée de thé. Je vois ses yeux qui me fixent au-dessus de la porcelaine blanche.

Qu'est-ce qu'il a ?

Une goutte tombe sur sa chemise. Mon copain a raté sa bouche, lui aussi ! À son tour, il a du mal à se comporter normalement. Le jour normal est déjà fini. Il a raté tout seul. Je ne suis pas tous ces gestes avec insistance ! Je le regarde parce qu'il m'épie par-dessus sa tasse. Je n'ai pas besoin de demander à mon copain à quoi il pense. Je le sais. La pensée de mon copain est trop forte. Sa pensée bousille toute légèreté. Je l'entends presque penser tant il pense fort. J'ai peur que sa pensée ne sorte de sa bouche au moment où je ne m'y attendrai plus. J'essaie de m'y attendre à chaque instant depuis qu'il est entré dans ma chambre.

J'ai tout de même réussi à avaler un peu de mon petit déjeuner, il a tout de même réussi à boire son thé. Ce n'était pas si facile.

Mon copain nous débarrasse du plateau. Il le met dehors, dans le couloir. Il referme la porte de la chambre. Il se tourne vers moi. C'est maintenant que ça va se passer. Je ne trouve rien à dire. Je n'ai aucune question à poser. Aucune réflexion intelligente ou stupide ne me vient pour couper court à la pente sur laquelle nous glissons lentement.

Mon copain s'immobilise un instant. Il considère la bête. Moi. De quel côté va-t-il attaquer ? Le picador est debout. Il vient s'asseoir près de moi. Sur le rebord de mon lit. Le lieu propice.

Je n'ai pas bougé du lit depuis qu'il est arrivé. Depuis qu'il est arrivé, je ne me suis pas détendue. Son regard ne me rassure pas du tout. Je m'accroche au lit qui me protège. Mon lit qui est mon territoire. Les bords du lit sont des remparts. Je suis dans mon camp.

Mon copain a du cran. Il se jette à l'eau que j'ai glacée par mon attitude.

— Je suis ravi de la nouvelle que tu m'as annoncée, il me dit d'un coup.

Je m'agrippe un peu plus à mon radeau. L'eau dans laquelle il patauge est de plus en plus froide. Mon copain attend une réponse de ma part. Ma bouche est fermée. Elle va le rester. Mon copain me considère longuement dans le silence qui se fait plus épais. Les remparts de mon lit se font plus solides. Ma bouche se serre plus fort. Je m'éloigne au fond de moi. Il aura du mal à m'atteindre, il s'en rend compte. Je m'enfuis.

— Ça t'ennuie si je vais prendre un bain ? il me demande.

Mon copain est dans la baignoire depuis près d'une heure. Depuis près d'une heure, je n'ai pas bougé de mon lit. Depuis près d'une heure, je reviens à la surface. Je m'enfuis de nouveau. J'hésite. Depuis ce matin, je redoute la discussion. Depuis ce matin, je me sens agressée par son intention de rendre les événements trop carrés. Depuis une heure, c'est moi que la discussion taraude. Depuis une heure, je me demande si mon copain a bien évalué les répercussions de cet événement.

Quand je l'ai vu derrière la porte, j'ai d'abord eu peur. J'ai eu peur qu'un drame soit arrivé.

Depuis une heure, je suis terrifiée. Que sera demain ? Qui protégera cet enfant ? Je vais me faire du souci ! Il y a des méchants qui kidnappent. Il y a des malades qui enlèvent. Il y a les accidents. Il y a les tempêtes qui foudroient. Il y a... Il y a... Il y a ! Il y a tellement !

Moi, je suis celle qui a attaqué la porte à la casserole ! Comment ferai-je ? Je suis celle qui court le bras en l'air ! Comment ferai-je ? Qui me rassurera ? J'ai peur du toitophile. J'ai peur de la tempête. J'ai peur des oiseaux. J'ai peur du méchant homme derrière la porte. J'ai peur... J'ai peur...

— T'as peur de la vie, il a dit, quand il m'a acheté le sifflet.

Ça m'a énervée.

Je me lève enfin de mon lit. J'ai tant besoin de discuter ! Mon copain est dans la baignoire. Il lit le scénario du film que je suis en train de tourner. Il lève les yeux vers moi quand j'entre dans la petite pièce.

— J'adore le titre de ton film, il me dit.

La vie est à nous ! Le titre est écrit sur la couverture du scénario.

Achevé d'imprimer par GGP Media GmbH, Pößneck
en janvier 2006
pour le compte de France Loisirs,
Paris

N° d'éditeur: 44638
Dépôt légal: février 2006

Imprimé en Allemagne